1

Imprimatur, Vicarius GAMALIEL - W. Episcopus DISSOLVIMUR,J
Archbishop THOLUS Scopulus
IAC,REX
Cum permissu superiorum

R737

ISBN : 9782956380108

LA FIRME

MOSTRA
◀ FORGING THE HANDS OF GOD ▶

TABLE DES MATIÈRES

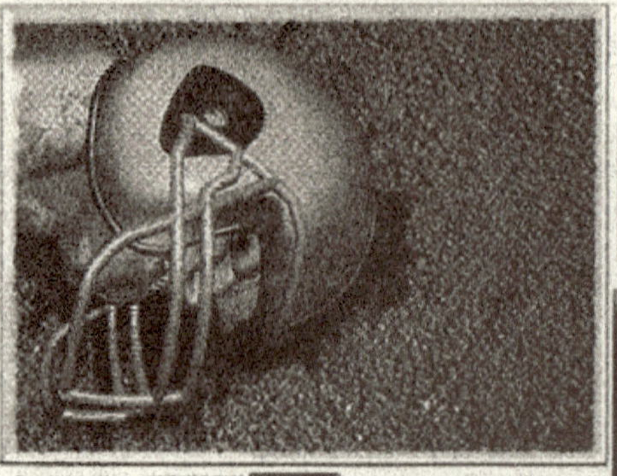

Domingo actualidad deportiva
Año 1976
Boby "El Psycho" fallecio en un estadio en U.S.A
Homenaje a un mozo de nuestra tirra

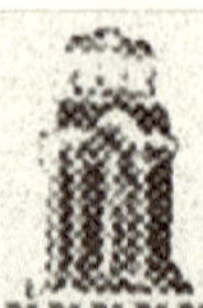
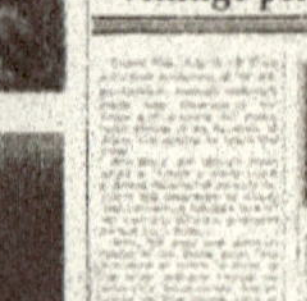

El reloj de Pachuca
Viking1 primer aterriz
B.Slavomir en Pachuca
contratación de 50 personas

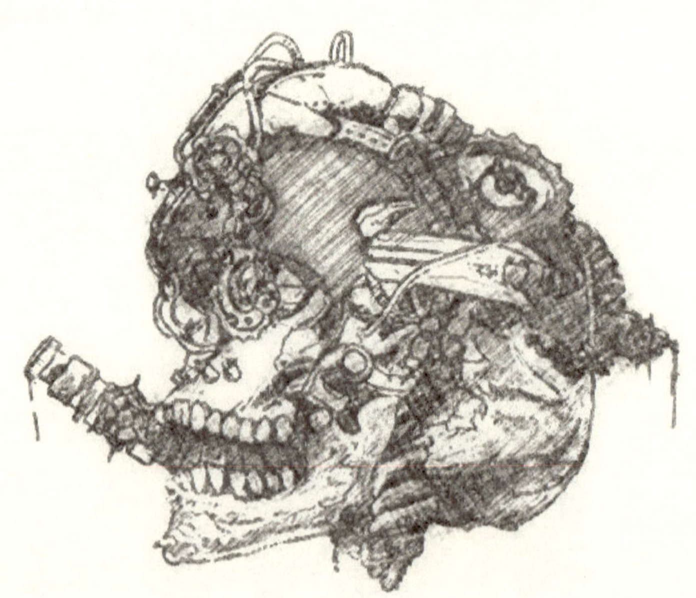

PRÉFACE

Vous allez découvrir l'univers de La Firme (TEM) grâce à l'Opuscule 1 et les trois histoires qu'il contient. Je vous remercie de votre confiance et de votre acquisition.

Vous pouvez poursuivre la plongée dans cet univers dystopique en lisant le TOME 1 qui contient par exemple l'histoire « *Un beau dimanche* » qui vous permettra d'en apprendre un peu plus sur monsieur White mais je ne vous en dis pas davantage. A vous d'arpenter cet univers fantastique et dystopique. Chaque récit constitue une trame du labyrinthique Projet TEM. Les différents protagonistes se débattent dans de ténébreuses machinations oppressantes.

Sachez que le livre BESTIAIRE TOME 1 (224 pages) existe en version collector, tiré en seulement 220 exemplaires. Il comporte 33 récits, abondamment illustrés en quadrichromie par l'auteur sur grammage de luxe.

Vous trouverez sur le site http://kassor.net tous les liens vous permettant d'obtenir le TOME 1 collector.

A bientôt au Bar du Forage.

L'aube d'une couleur orange azurée commençait à poindre. Le soleil lointain se dessinait au-delà des crêtes formées par les bords du cratère.

Hadros n'en pouvait plus. Écrasé par la charge qu'il transportait mais mû par une volonté de fer, il maintenait une cadence de marche soutenue en puisant dans les ressources énergétiques de son scaphandre et aussi dans les siennes.

Haletant dans son support respirateur, il fixait le soleil issant en face de lui, tout au bout de ce canyon qu'il traversait dans sa longueur. Ses yeux le brûlaient car son heaume calculait les correctifs chromatiques, avec lenteur faute de puissance électrique en réserve.

Son scaphandre recouvert du givre carbonique nocturne grinçait, suintait, mis à rude épreuve dans ce territoire si hostile. Mais son occupant en connaissait le fonctionnement par cœur. Grâce à son acuité élevée, Hadros savait se mouvoir avec.

Tiens le coup, encore un peu.

Le compteur de température extérieure indiquait - 82°, un choc violent sur le scaphandre signifierait le terme de la marche, l'issue fatidique.

Hadros balayait du regard le haut des falaises du canyon, se méfiant d'un traquenard possible ou d'un affaissement rocheux.

Loin devant lui se profilait la sortie du défilé, reconnaissable à ses impacts formant des cratères au sol. Un piège taillé sur mesure pour une embuscade. Après tout, il venait d'arracher une négociation magouillée avec la Caste des Dockers pour obtenir du matériel rare. Il en résulterait des complications, un contrecoup, il le savait.

Voici quelques jours, il avait récupéré un plein sac de ce matériel au prix de coûteuses et crapuleuses tractations : une quarantaine de kilos qu'il transportait maintenant à pied en s'échinant.

Enfin la sortie et le soleil ! Hadros quittait véritablement la nuit et sa terrifiante température négative en s'extrayant de cette formation naturelle de plusieurs kilomètres. Une vallée plus praticable mais non exempte de pièges l'attendait.
Il fit une pause, assis sur le bord du cratère, face au soleil primal.
Ses bras douloureux lui arrachaient des larmes. Transporter ce lourd sac était éprouvant. La visière chromatique du heaume régulait les flux de photons et optimisait en temps réel les données reçues pour un confort de vision et de détection d'anomalies.

Les cellules photovoltaïques, bien qu'antédiluviennes et maintes fois réparées, rechargeaient progressivement la batterie du scaphandre. Heure après heure, et en conservant une bonne exposition, il retrouverait de la puissance afin de soulager son occupant. Pour le moment, et sans bénéficier de l'assistance du scaphandre, Hadros devait brûler de la calorie en actionnant ses muscles.
Hadros était un homme grand, un homme fort, aux épaules découplées et robustes. Des pommettes solides et un large nez un peu écrasé lui donnaient une forte personnalité. Son profil arrogant, arbitraire et rustique était façonné par la volonté de survivre en faisant peu de concessions. Il savourait ce moment de pause.

Il inséra dans une petite trappe de son scaphandre une boîte sur laquelle figuraient un œil grossièrement dessiné et un chiffre. Elle contenait de la gelée nutritive. Autour de lui, la DMZ martienne semblait infinie. Il sortit un tube cartographique sanglé sur sa cuisse et déploya une carte de la région. Au nord-est était indiqué un ancien Bunker de relais et le trouver restait vital pour recharger les bouteilles d'oxygène de son scaphandre.

Après trois heures de marche dans les dunes, Hadros arriva sur le site indiqué sur la carte. Le Bunker de relais était quasiment enfoui sous les sables et de plus avait basculé. Seuls émergeaient une antenne en mauvais état et une partie de l'entrée. Le SAS maître était défoncé.

Avec la plus grande des prudences, il s'accroupit devant la mâchoire béante du SAS et observa les ténèbres du Bunker. Il respirait les ombres opaques et ses yeux entrainés discernaient les contours des objets plongés dans l'obscurité.

La liste des dangers que contiennent les Bunkers abandonnés est infinie, comme le nombre de grains de sable de ce territoire. Suspectant un danger caché, soupçonnant le Mal d'errer dans ces décombres séculaires, Hadros mit en action à contrecœur les torches d'éclairage classe 4 de son heaume. Le faisceau cristallin bleuté traversa le corridor central, éclairage vibrant des Bâtisseurs, lumière qui repoussait le Mal. Il franchit le SAS en rampant sur le sable infiltré, une pente glissante vers l'enfer. Le temps et la mouvance des masses sablonneuses avaient incliné le Bunker à l'image lointaine – dans un autre monde – d'un cargo qui sombre dans les eaux arctiques.

Il descendit la coursive centrale en s'accrochant à tout ce qu'il pouvait trouver et arriva au fond du Bunker, dans le secteur de la machinerie et du cuvelage.

Ces structures ont la capacité de traverser le temps, leur complexité m'étonnera toujours.

Il devait trouver de l'oxygène et de l'énergie coûte que coûte sous peine de franchir la grande Barrière de Métal et de ruiner les efforts investis et sacrifiés dans le projet.

Désormais en sursis, il explora chaque secteur de ce Bunker et tout ce qu'il voyait l'encourageait à fuir ce piège : morceaux de cadavres, rituels inquiétants gravés sur l'acier des murs, signes de survie indiquant qu'il n'était pas seul, présence du Mal.

Il le ressentait dans sa chair et utilisait le faisceau produit par l'éclairage classe 4 comme une épée désinfectante et grésillante.

Les minutes étaient comptées, les torches consommaient beaucoup d'énergie et le manomètre d'oxygène arrivait dans la zone rouge.

Quelque chose arrivait dans son dos.

[…]

Junerth pesta contre les Grands Anciens un long moment puis se leva de son établi pour suturer la plaie sanglante de sa paume.
Foutu fer à souder primitif et Hadros qui ne revient pas, deux treizaines d'écoulées.
L'adrénaline qui pulsait à ses tempes, à cause de sa blessure, amplifiait son inquiétude. Junerth est le frère d'Hadros.

Contrairement à son frère, Junerth était d'un gabarit menu. Doté d'une grande patience et d'une capacité logique, Junerth tentait d'assimiler les Dogmes des Contrôleurs Orbitaux. Il était l'une des personnes rattachées « au projet ». Il s'initiait, seul, par empirisme aux complexités des Graveurs sur Quartz. Leur talent était impressionnant, il le reconnaissait.

Junerth était d'une nature servile et tempérée, sans malice en dépit d'un regard fuyant. Il était heureux d'être assujetti au totem du Lézard cuivré.
Les deux frères vivaient dans les DMZ, dans ce qui semblait être, d'après Junerth, une section d'essai non raccordée de MMEMO. Ce genre de structure souterraine, isolée de tout et très convoitée, constituait le quartier général de leur clan fédéré à celui de Sathenalon. C'est dans cette poche de survie confinée qu'Excastra et Diamars avaient donné naissance aux deux frères et à leur sœur Jador.

Junerth revint s'asseoir à son établi et, comme des centaines d'autres fois, il réitéra ses soudures et ses connections: souder à la perfection par la pensée, raccorder sans soudure, parler à l'armure. Conformément à la voie des technos-frères, le travail des itérations en communiant avec Hadros.

Junerth était l'un des auteurs du "décompacteur". Cette sorte de terminal était capable d'identifier la véritable identité masquée derrière une identité numéraire de La Firme et d'arracher quelques bribes qui avaient façonné une vie d'avant. Des miettes importantes.
Son clan avait une particularité par rapport aux autres, le don de pouvoir se repérer dans les ténèbres.

Les parents s'évertuaient à mettre au monde des enfants capables de transmettre à leur tour ce don grâce à l'injection de produits et à l'utilisation d'aliments spécifiques. Un devoir, une doctrine sur plusieurs générations. On pourrait parler de procédé de renforcement à la lutéine, à la chlorine, à la rhodopsine sur souche d'ovaires humains tout au long d'une généalogie. Chaque génération doit accroître la puissance de la dose de 20 % pour intensifier la performance du don.

Ce secret de clan était fondé aussi, en partie, sur des champignons récoltés dans les basses-fosses des Bunkers et transformés. Un savoir-faire unique.
Si mieux voir dans l'obscurité représentait des avantages indéniables, cette faculté condamnait les membres du clan à porter des heaumes adaptés et des visières chromatiques lourdement modifiées, sous peine de ne pouvoir supporter la lumière d'une torche ou d'un lever de soleil. Identifier l'appartenance des membres au clan était simple, leur carnation approchait l'orangé profond.

Junerth devenait de plus en plus anxieux. Isolé sous terre, sans nouvelles d'Hadros, il pressentait que quelque chose avait mal tourné. Pour oublier l'inquiétante situation, il s'absorba dans le projet en cours, un projet qualifié de folie, une aventure hors des normes de ce monde.

Quelque chose qu'aucun Terra n'avait jamais accompli.
Le temps pressait. L'échéance était aux portes.

Junerth déroula sur un établi une grande feuille faite de chiffons gras recyclés. Il contempla le projet. Beaucoup de choses restaient à régler, beaucoup trop.

Il prit un stylo relique dans sa main, un objet qui, dit-on, provenait d'un endroit mythique : "La Source".
Il observait l'épaisse barre de décor chromée qui formait un T métallique sur le stylo. Pourquoi un T ? Où pouvait se trouver l'atelier de production de ce stylo ? Junerth marchait dans un grand couloir de métal suivant les marquages au sol. Il avait conscience des rêves éveillés qui le taraudaient, le persécutaient de plus en plus. Il percevait au travers d'une brume l'établi et le plan étalé mais aussi le couloir. Une torpeur l'accablait.

En marchant dans le couloir, le plan devenait flou et s'estompait. Les bruits des gaines de ventilation du terrier s'atténuaient tandis que les sons du couloir de métal se renforçaient. Il distinguait un groupe d'hommes au loin. L'odeur du lieu lui parvenait, une odeur terrible.

Les hommes hurlaient et se battaient entre eux, se déchiraient. Un géant tentait de les séparer mais il commençait à ployer sous le nombre. Certains étaient armés de conduites en acier et de gaines électriques, les crânes explosaient sous la force des coups.
Junerth vit le Mal dans tout cela, et il vit le Mal s'infiltrer en lui parce qu'il venait de le détecter.
Un homme surgit par une porte située sur les côtés du couloir et se rua vers lui avec une rage inouïe, hurlant des sons distordus.

La créature déchaînée avait une plaie ignoble à la gorge !

- JUNERTH ! PAR L'ENFANT DES GRANDS ANCIENS, REVIENS !

Hadros, alarmé, secouait son frère par les épaules.
- JUNERTH ! C'EST MOI.

Hadros voyait son frère revenir lentement à lui, reprendre pied, ici, dans la réalité de leur terrier.
Junerth avait le regard voilé et saignait d'une narine. Il revenait de loin, reconnut son frère. Un soulagement l'envahit.
- Tu es bien là ? C'est toi Hadros ?

L'état d'Hadros se modifia comme un vent de sable chaotique se modifie à chaque instant, il devint très soupçonneux et plissa ses yeux.

Hadros :
- Notre clan fabrique le regard oblique, Junerth, entends-tu ? Pas des vaticinateurs ! Si les autres clans le découvraient, tout sera terminé.

Junerth :
- J'ai vu un couloir, j'ai vu des hommes, c'est un signe, j'ai vu le Mal, j'ai vu le T.

La colère monta rapidement chez Hadros – regard sombre et sourcils fournis en bataille – qui secoua son frère plus fort.

Que raconte-t-il, est-il devenu fou ? Ses crises sont de plus en plus fréquentes.

Hadros grommelait, Hadros était impulsif et réfutait ce qu'il voyait de ses yeux et entendait. Il reconstruisait sa vérité et opérait une distorsion de la situation.

Mon propre frère, impossible, nul ne peut être faillible en ces instants, les enjeux sont trop grands.

Hadros bouillonnait. Le regard oblique était la raison d'être du clan. La capacité de pouvoir regarder le Mal dans les yeux sans être détruit. Chimère ou réelle possibilité, le clan ne lâchait rien depuis des générations pour y arriver. Il est dit que lorsque le regard oblique devient rougeoyant, le Mal est là.

Junerth revenait à lui. Il retrouvait l'acuité qui le façonnait. Il saisit la scène, percevait son frère accroché à ses épaules en train de le secouer. Il voyait le plan devant lui et le stylo graphite brisé.
Il voyait le sang qui s'écoulait d'en dessous de l'épaulière du scaphandre de son frère et maculait le plan.
Junerth :
- Hadros, tu saignes !

Hadros :
- Je sais, je le sens.

Junerth :
- Arrête de me secouer, tu me fais mal, ça va, je vais bien.

Hadros, fortement suspicieux, relâcha sa prise en maugréant. Il regarda le plan taché d'éclaboussures de son propre sang. En s'agitant sur son frère, sa plaie s'était rouverte et la couture de fortune de son scaphandre avait craqué.

Je ne lui dirai pas ce qui s'est passé au Bunker relais.

Junerth :
- Depuis quand es-tu rentré ?

Hadros :
- Mais depuis un moment espèce de Tique ancienne ! Personne n'a répondu à mon appel depuis l'extérieur. Je suis entré par le SAS des figurations et je te trouve assis à cet établi en train de gigoter et de débiter des suites de mots sans aucun sens.

J'en ai sué pour que tu ne te blesses pas avec tes spasmes !

Hadros s'énervait de nouveau.

Junerth :
Hadros a dû arriver après que j'ai déroulé le plan sur l'établi, mon songe n'a pas duré longtemps, ceci me donne une échelle de temps, qu'en faire ? As-tu noté les mots que j'ai dis ?

Hadros :
- Quoi ! mais on s'en fout. Tu n'es pas fiable, que va-t-il se passer lorsque nous serons lancés tous les deux, tu vas faire encore une crise ?

Junerth, en écoutant les craintes de son frère, décida de ne plus parler des songes éveillés qui effectivement revenaient de plus en plus fréquemment. Il se fixa comme objectif de rassurer en premier Hadros et ensuite les clans fédérés au projet. Rien ne devait s'ébruiter, tout devait paraître sous contrôle.

Junerth :
- Ecoute-moi Hadros, je vais bien et je vais me faire une saine injection et je ferai le rituel C07AA05 et ceci jusqu'au lancement, si cela peut te rassurer et prouver que je conserve le contrôle. J'ai mal dormi depuis ton départ, l'inquiétude sûrement mais j'ai terminé les rapports géométriques des contraintes de la propulsion. Nous avons enfin les renforts du châssis, nous avons aussi les rapports des vérins assistés pour les scaphandres. En théorie, nous pouvons y arriver.

Hadros :
- Ça va fonctionner ?
Il fouillait les yeux de son frère comme s'il cherchait un mode d'emploi indiquant où se trouvait la défaillance.

Junerth posa un doigt sur le plan. Tout était en place et le destin des deux frères était scellé.

Hadros observait ce que pointait le doigt : l'Argo ! Représenté par un petit triangle sur la carte. Des années d'efforts impensables et de sacrifices inouïs, trois clans au complet unis pour y arriver.
Le petit triangle schématisait l'étrave de l'Argo.
Sous l'Argo, deux lignes parallèles, elles-mêmes parallèles à deux autres lignes parallèles : la Transmartienne historique. La Voie Sacrée, celle qui permettrait le règne de Jormungandr.

Le grand départ de la Machine Reine était prévu dans quelques jours et le projet des trois clans consistait à faire rouler l'Argo sur une voie parallèle à la Voie Sacrée afin de permettre à Hadros et Junerth de monter sur Jormungandr.

Ce projet avait généré une hécatombe dans ces clans de par les dures privations et l'épuisement au travail.

La Parallèle, nom donné à la petite voie de chemin de fer sur laquelle serait propulsé à une vitesse inouïe l'Argo, avait réclamé un prix effrayant. Femmes, enfants et hommes du clan pressurés, transfigurés, consumés par l'application et l'acharnement coûteux de ces nombreuses années, tous reconfigurés en une oblativité affligeante envers l'Argo.
Ce vaisseau sur des rails cristallisait, condensait la fièvre de trois peuples. La foi était présente, ils allaient réussir et ne pouvaient que triompher.

Hadros, fébrile, étudiait les dernières modifications apportées au plan durant son absence. Junerth lui souleva la main pour éponger le sang qui maculait le papier.
Oui ils étaient prêts ! Les deux frères se tenaient par les épaules, prêts à être catapultés à des vitesses douloureuses.
Unis dans leur terrier, sous l'éclairage doux des chandelles à graisse Kipinienne, Junerth épuisé pleurait. Hadros le serra contre lui, transmettant sa protection. Dans quelques jours, plus rien ne serait.

[...]

Les trois clans s'étaient donné rendez-vous au point de lancement de l'Argo. Il restait beaucoup de travail.
Le vaisseau était positionné dans un quai de pierres taillées. La plupart des pierres taillées étaient l'œuvre de maîtres agissant avec discrétion et n'impliquant pas la Caste PACHACUTEC.
Le grand secret régnait, la discrétion faisait loi.

A quelques mètres du vaisseau filait la Voie Sacrée. Si Jormungandr avait été stationnée sur la voie d'à côté, un occupant de l'Argo aurait pu en tendant le bras gauche la toucher et monter dessus. Tout avait été calculé.
Si un élément de Jormungandr dépassait de trop, l'aventure se terminerait dramatiquement. Heureusement qu'elle avait pu être observée durant de longs cycles par des membres de clans infiltrés dans les préparatifs.

Les Préceptrices initiatrices formaient un groupe unique sur cette planète, elles constituaient forcément un chaînon qui relie les humains avec autre chose : "les Autres".
Les Préceptrices étaient des cubes de métal d'environ un mètre d'arête. Nul de mémoire ne pouvait dire si un cube pesait lourd ou dire depuis combien de temps ces cubes étaient là. De mémoire de Terra, ils étaient là depuis longtemps dans ce grand temple de Métal.
C'était dans ce temple qu'étaient convoyées les jeunes vierges collectées par le Convoyage. Les Convoyeurs avaient toujours existé et faisaient partie de la grande branche tordue des initiés. Traîtres pour les uns, compromis tolérable à la survie pour d'autres, un mal pour un bien pour certains, leur histoire comportait des pages obscures et difficiles.

Les Préceptrices formaient les jeunes vierges, elles étaient dans leur esprit et les sondaient, partout présentes, capables d'analyser le moindre battement sanguin, capables de voir se former une pensée et de la tailler, de la façonner avant qu'elle ne soit compréhensible.

Les clans ont pu infiltrer les besoins élémentaires du fonctionnement du Temple en y plaçant deux femmes, seules les femmes étant autorisées dans le périmètre du Temple : deux femmes Adeptes des Grands Anciens ; l'une, Morn, provenant du clan de Sathenalon et la seconde, Cryst, provenant du clan Macorwood.
Seule Zire, l'Adepte du clan d'Excastra ayant échoué aux essais de fermeture de l'esprit, ne put se rendre au Temple.

Les deux Adeptes furent dressées par les formateurs des clans durant des mois avant de postuler. Quoique le terme postuler restât peu adéquat, s'offrir aux besoins du Temple était plus juste.
La formation se fit de façon pragmatique au sein des clans et dans le plus grand des secrets : rupture nerveuse, fermeture de l'esprit, brûlures électriques par électrochocs des tissus mous, privation de sommeil, destructuration de l'estime de soi, déconstruction de la confiance en soi, stress du niveau de préoccupation, démantèlement de la capacité à rationaliser la croyance, la foi et le rapport à leur essence même d'Adepte.

Elles tinrent bon.

Soutenues par la ferveur des trois clans, elles survécurent à ces horreurs. Les formateurs, eux, restèrent longtemps rongés par un dégoût sans fond. Rien ne put les sauver, ils s'immolèrent dans les sables. Les deux Adeptes survivantes passèrent sans encombre les tests de sélection du Temple de Métal pour les besoins élémentaires.

[...]

Chaque jour, les deux Adeptes en mission passaient devant la Machine Reine pour accéder au Temple. Toujours devant son profil droit. Un escadron de BATTLESUIT déployé ceinturait la grande machine. Jour après jour, Zire dessinait sur plan les images mentales déverrouillées acquises par les deux Adeptes. Les plans étaient transférés aux mécaniciens. Zire retranscrivait aussi toutes les paroles entendues, récoltées et enfouies dans le cerveau de Morn et Cryst. Avec application et don de soi, elle exhuma de leurs esprits cadenassés les visuels de Jormungandr.

Personne ne pouvait pénétrer le cordon en dehors du Depositorium et des technos-frères.

Durant les épreuves des Préceptrices, une jeune vierge encaissa les durs traitements. Son vrai nom n'était pas connu mais elle était magnifique, solaire et rayonnante. Elle surclassa ensuite le groupe comme possible future Machine Reine.
Les comptes rendus de Zire permirent de voir l'implication de la Caste du Depositorium concernant la préparation physique de la jeune vierge victorieuse et élue par ces quelques mots simples : son démembrement et son insertion dans Jormungandr, une des dernières grandes machines fonctionnelles.

Les mécaniciens, placés au pied du mur, durent poser noir sur blanc des chiffres et proposer un mode opératoire aux clans.
Il fut décidé que la Parallèle serait construite à 220 kilomètres du point de départ de Jormungandr, dans un secteur climatiquement difficile, peu visité. Et que la Parallèle serait située à droite de la Voie Sacrée.

Poser la voie proche du point de départ exposait à des risques de repérages, la construire trop loin rendait la mission impossible.
En recoupant toutes les informations techniques éparses, les mécaniciens estimèrent que Jormungandr atteindrait, en accélération constante, la vitesse de 700 km/h au premier repère de la Parallèle et qu'Argo devrait être lancé avec ses occupants juste avant.

La synchronisation était un mot écrit partout, qui a conditionné l'inconscient collectif des clans jusqu'à nos époques. Il fut établi que Jormungandr parcourrait 11,6 kilomètres par minute en atteignant le premier repère de la Parallèle et que sa vitesse augmenterait de manière surmultipliée.

1 113 mètres par seconde au premier repère : chiffre vertigineux.

En ces temps, le 37 n'était pas encore transmué sous la forme du 37 actuel mais il influença les clans. Le regard du 37 que nul ne peut oublier.

La Forge accepta de procéder aux coulées des rails faits sur mesure pour l'Argo.

Dans son îlot de fer de la mer intérieure, le maître claudiquant mit en route le déversoir secondaire, celui-là même qui fut pensé pour construire la Transmartienne. Les rails de la libération. La Voie Sacrée permettait de forcer le correctif, de tordre les puissances opposantes.

Le maître claudiquant n'était pas seul avec sa conscience pour écrire la forfaiture. Le 37 se réunit longtemps pour étudier les terribles nouvelles apportées par le Convoyage. Mars, dernier bastion de l'humanité, devait rester sur son axe faussé quoi qu'il en coûtât.

Jormungandr ne devait pas réussir sa mission. Le 37 se concerta longtemps avec les trois clans. Une aide inattendue arriva sous la forme d'un accord avec Talos.
Ce BlackMonk – et non des moindres – scella un accord secret avec le 37. C'est dans ces mornes périodes que fut forgé le Sceau de la perfidie, un grand engrenage à six branches scindé en deux par un rail de chemin de fer.
Il fut décidé qu'un total de 34 kilomètres de voie parallèle serait construit car aller au-delà était inutile.

Les infirmiers furent conviés aux réflexions des mécaniciens. Ils établirent que les Argonautes, tel serait donné le nom à Hadros et Junerth, ne pourraient supporter les pressions physiques du voyage plus de trois minutes.
Les mécaniciens optèrent pour équiper les Argonautes de scaphandres

expérimentaux renforcés de motorisations puissantes permettant de se mouvoir dans de monstrueuses forces physiques adverses.

Les 34 kilomètres de voie furent étendus au 37 pour que le Dogme daigne apporter un regard bienveillant et protéger les deux frères.
Les clans durent tromper les patrouilles de contrôle le long de la Voie Sacrée. Des chantiers factices furent construits en amont de la Parallèle avec de faux tronçons épars pour faire croire aux reliquats des chantiers natifs de la Transmartienne.
La Parallèle elle-même fut construite dans une conformation géologique plus basse permettant de la recouvrir de sable et de la dissimuler.

Tout fonctionna ainsi jusqu'au jour morose où Zire fut trouvée morte dans son Narthex, affaissée sur la retranscription de ses notes.
La mécanique de l'organisation fut enrayée. L'extraction des informations de Morn et de Cryst, à jamais mutilées psychologiquement par leur éprouvante formation, était devenue impossible sans l'expertise de Zire.
D'autant plus que Morn et Cryst allaient et venaient dans le périmètre du Temple l'esprit verrouillé pour ne pas se faire détecter, les mettant en premier dans l'incapacité de se souvenir de ce qu'elles avaient vu et effectué. Des mortes vivantes à court terme qui à chaque instant se réinitialisaient sur des injonctions.

La perte de Zire affecta tout le projet. Il n'y aurait plus aucune information nouvelle pour modifier le projet, pour l'adapter à des changements imprévus.
Rattaché à la perte de Zire, un talisman contenant un morceau d'un lobe frontal : il n'est pas rare de trouver un objet votif lui ayant appartenu.

[…]

Voici l'aube du premier tour.

L'Argo était terminé et placé au début de la parallèle, au premier repère. Des réacteurs lui permettait de se lancer pour atteindre une vitesse de 700 km/h en moins d'une minute puis d'accélérer sans discontinuer jusqu'au bout de la voie pour se caler, se synchroniser sur Jormungrandr et simuler une immobilité dans le déplacement.

En son centre, l'Argo contenait une grande roue gyroscopique pour assurer la stabilité du vaisseau face aux forces contraires titanesques produites par Jormungandr.
Cette grande roue comportant six branches et dotée d'un engrenage forgé par le claudiquant lui-même, avait nécessité de la part du 37 et de la part des mécaniciens un difficile travail de mise au point. Des glyphes ciselés constituaient l'équilibrage de la roue. Chaque liard de matière retirée pour graver un glyphe était calculé pour les forces d'équilibre.

L'Argo ne pourrait se soulever, basculer et des mâchoires latérales en U, le maintenant en sustentation entre les rails de la parallèle, sécurisaient encore le dispositif.

Hadros et Junerth étaient équipés d'impressionnants scaphandres recouverts de plaques de protections. Chaque articulation du scaphandre était assistée par de puissants vérins démultipliant la force. Un ingénieux système permettait de lever les occupants de l'Argo avec leur siège d'accélération pour les extraire de la protection de la cabine constituée de simples panneaux d'aciers de 10 cm d'épaisseur. Le système permettait dans une seconde phase de basculer les sièges vers Jormungandr afin de permettre l'abordage.

Le contenu du sac qu'Hadros avait porté durant son périple avait pu entièrement être utilisé.
Les Scaphandres bénéficiaient désormais d'un matériel radio chiffré et de 12 kilos de batteries, chacune pouvant fournir l'énergie électrique nécessaire pour les démultiplicateurs de force.

[…]

Les vingt dernières minutes.

Le clan recevait par transmission radio les informations chiffrées des observateurs sur le lieu de la cérémonie du grand départ de la Machine Reine. Durant vingt minutes, les Graveurs sur Quartz immortalisèrent cet instant glorieux dans un rituel de prélèvement extrêmement codifié.

Hadros et Junerth, sanglés dans leur fauteuil d'accélération, à l'abri dans leur scaphandre et de l'acier des déflecteurs de l'Argo, ne pouvaient tourner le heaume pour se regarder mais ils percevaient mutuellement leur présence.
Junerth se mit à respirer de plus en plus fort, une angoisse montait en lui. Sa vue devenait floue et il avait de plus en plus chaud. Un soleil tel qu'il n'en avait jamais vu l'aveuglait et une chaleur intense, comme jamais ressentie le fit ruisseler de transpiration. Il voyait mieux à présent et il entendait d'étranges stridulations.

Un ciel bleu azur, était au-dessus de lui. Il voyait à sa gauche un homme dans d'étranges vêtements assis sur une grosse branche et autour de lui un arbre.
Ce sont des frondaisons, comme en parlent les gravures.

Un violent choc fit revenir Junerth à lui. Les moteurs gyroscopiques claquaient violemment pour lancer et faire accélérer la roue gyroscopique de l'Argo. Junerth suait abondamment. Angoissé, il déclencha le rituel C07AA05. Le scaphandre lui injecta la dose et ceci alerta les mécaniciens qui s'enquirent par le biais des hauts parleurs des heaumes.
Le shaman des clans leur dit par radio « Vous accompagnerez le soleil dans sa grande course, vous êtes les plus braves des braves. »

Les observateurs sur le lieu du lancement indiquèrent que la Machine Reine venait de relâcher une colonne de fumée noire monstrueuse et que c'était l'apparition de la preuve de sa vie. Le temps chronométré s'égrenait dans les hauts parleurs des scaphandres d'Hadros et Junerth. « trois minutes et 27 secondes, trois minutes et 26 secondes... »

Les observateurs de Jormungandr indiquèrent que la Machine Reine venait de faire bouger ses roues pour la première fois. Le bruit devenait étourdissant, des flammes commençaient à sortir par les milliers de tuyères, la foule des Bâtisseurs assemblés pour le départ eut des mouvements de recul puis la panique s'installa par des mouvements de foule encore plus impétueux.

Les BATTLESUITS tenaient toujours leur position de cordon de sécurité, les observateurs indiquèrent que l'escadron n'était plus visible, noyé dans les tourbillons de flammes. Ces guerriers ne pouvaient savoir qu'ils vivaient leurs derniers instants.

Jormungandr émit une vibration puissante que tous entendirent et ses roues colossales se mirent à patiner sur place, faisant retomber une grêle d'acier fondu sur le Temple de Métal et toutes les personnes alentours. La terreur et le chaos, prémices de la grande catastrophe, s'installaient.
Les roues motrices de Jormungandr semblaient vouloir se réguler et accrocher l'acier de la Voie Sacrée, ce qu'elles firent et Jormungandr s'élança, ivre et impatiente.
Les observateurs hurlèrent aux clans que la Machine Reine venait de s'élancer en avance sur la planification.

Hadros et Junerth ressentirent la vibration de Jormungandr lâchée 220 kilomètres derrière eux dans leur dos.
Les mécaniciens, dans un état de stress inouï, s'efforçaient, avec les logisticiens des clans, d'optimiser les calculs pour assurer le lancement de l'Argo suite au départ incontrôlé de Jormungandr.

Le compte à rebours devenait contradictoire, reculant de quelques secondes, avançant, s'ajustant et se décalant sans cesse.

Des voyants installés sur les panneaux des déflecteurs de l'Argo s'allumèrent.

Hadros et Junerth ressentirent leur scaphandre opérer des points de compressions aux jambes, aux bras et au torse afin de réguler les afflux sanguins.
Le désordre crépitait dans les hauts parleurs, les ordres contradictoires fusaient, la confusion prenait place. La roue gyroscopique, affreusement stridente, était accélérée en hâte pour rattraper le retard, des étincelles crépitaient autour d'Hadros et de Junerth.
L'Argo trépidait sur toute sa structure.

Malgré tous les plans et toutes les projections de l'arbre des possibles, les deux frères sanglés dans un piège sans retour s'efforçaient de réguler la peur qui les hantait, l'effroi qui les grignotait seconde après seconde. Crispés et livides, les gantelets de force serrant les poignées de maintien, ils guettaient le lancement. Tout événement serait une délivrance.

Toute la puissance des réacteurs fut lâchée et l'Argo fut catapulté à grande vitesse sur la Parallèle !
Hadros et Junerth, torturés par un haut le cœur, le dos brisé et cloué contre le dosseret de leur scaphandre, furent happés par l'ombre d'une montagne venant sur leur gauche, ombre illuminée de séries d'éclairs insoutenables. L'Argo se synchronisait sur la Machine Reine dans un vacarme de métal déchiré. Tout se jouait en moins de trois minutes.

Les visières chromatiques régulaient la violence lumineuse des éclairs, les processus d'affinage calculaient dur pour qu'Hadros et Junerth puissent voir après chaque flash sans être aveuglés. Jormungandr relâcha un torrent de feu par des tuyères d'éjectats qui frappa l'Argo.

Les surfaces des déflecteurs de 10 cm commencèrent à rougeoyer sous la fulgurance des flammes.

Hadros pilota le déploiement du bras en actionnant le système de levage des fauteuils d'accélération.

C'était un cauchemar éveillé, Hadros se demandait quand lever leurs fauteuils hors de la cabine. Les déflecteurs étaient à ce point assaillis par des vagues d'acier en fusion et de sable vitrifié qu'il n'attendit pas plus longtemps.

L'Argo n'allait plus tenir dans cet enfer, la roue gyroscopique ululait une sonorité morbide, le déflecteur avant s'enfonçait sous la fonte du métal.

Hadros poussa le levier de commande et sortit les fauteuils de la cabine de protection. Les deux frères furent très violemment frappés par les éléments déchaînés tout autour d'eux. Sous le feu et la puissance des forces, le bras de levage plia et se bloqua, inclinant par un improbable hasard les fauteuils vers Jormungandr.

Une nouvelle vague de feu frappa les déflecteurs et ricocha sur les fauteuils en suspension, ravageant le matériel et les deux scaphandres encore sanglés. Dans ce fracas apocalyptique, les deux frères ne pouvaient s'entendre, leur voix suffocante, en apnée, ne permettant pas de s'exprimer.

Hadros :
- Nous devons aborder ici, entre ces deux tuyères.

Junerth :
- C'est un enfer.

Tout se fit en quelques secondes, Hadros et Junerth se dessanglèrent des fauteuils de l'Argo et, assistés par les vérins de puissance de leur scaphandres expérimentaux, ils se propulsèrent sur Jormungandr.
Les électroaimants firent leur part et permirent aux deux frères de se

maintenir plaqués contre le corps de la Machine Reine. Mais ils glissaient.

L'Argo avait disparu depuis quelques instants, pulvérisé au bout du kilomètre 37, certains de ses fragments dépassant la vitesse du son. Chaque seconde qui passait rendait tout de plus en plus démesuré.

Hadros bavant de douleur tirait son frère vers le renfoncement localisé et prévu par les mécaniciens grâce aux travaux de Zire.
L'épreuve fut rendue plus difficile à cause d'un événement inattendu : sous l'effet de la chaleur insoutenable, les électroaimants devenaient inefficaces, obligeant les deux frères à précipiter leurs mouvements et à consommer la plus grande part de leurs batteries.

Les mécaniciens des clans furent talentueux, leur maîtrise permit aux deux Argonautes de débarquer sur la section prévue. Hadros et Junerth, brisés, plaqués par une force indicible sur la paroi d'un renfoncement pourraient survivre encore un peu. Au-dessus d'eux, les couches atmosphériques passaient au raz de leur heaume.

Junerth :
- Hadros, tu m'entends ?

Hadros :
- Je t'entends, nous y sommes presque, que les Grands Anciens soient témoins de notre action (*rire difficile*)

Junerth :
- Les électroaimants ont vidé les batteries plus vite que prévu, c'est mal engagé.

Hadros :
- Oui. (*silence*) Ils n'ont pas tenu le choc face à la puissance dégagée par la Machine Reine, nous sommes sur son dos Junerth, nous filons à la vitesse des Dieux.

Ils étaient dans l'incapacité de remuer leur tête. C'est du coin de l'œil qu'ils pouvaient voir chacun le paysage, à sa droite et à sa gauche.
Tout n'était que traits de feu épouvantables dans un bruit cataclysmique.

Junerth :
- Regarde nos pieds, que vois-tu ?

Hadros :
- Ils se courbent, et s'éloignent c'est affreux.

Junerth :
- C'est l'effet de la vitesse. Je viens de diriger l'énergie des batteries qu'il me reste dans le décompacteur.

Hadros :
- Tu as toujours été le meilleur, ça va marcher.

Jormungandr émit de nouvelles vibrations qui les rendirent sourds. Hadros et Junerth sentirent leurs oreilles imploser. Fracassés contre la paroi, la cage thoracique de plus en plus écrasée par la structure de leur scaphandre, Hadros et Junerth savaient qu'ils venaient d'entrer dans une nouvelle phase : leur épouvantable agonie.
Ravagés par d'effroyables douleurs aux oreilles, ne pouvant plus respirer, cloués sans pouvoir bouger, le temps des deux frères était compté.

Junerth regarda son décompacteur, le résultat venait de s'afficher sur l'écran de sa visière. Il avait l'identité de Jormungandr et c'est à ce moment que la Machine Reine parla, ils entendirent une voix dans leur tête...

Vous trouverez sur ce lien, une frise chronologique mettant en lumière certains faits.
Cette frise est l'œuvre du Terra Tonton ID : 95015 aidé de complices.
Je les remercie pour ce travail de fond, c'est conséquent !

http://www.tiki-toki.com/timeline/entry/53952/TEM-Chrono

Voici notre Opuscule.

Notre dernière réunion a permis d'entériner le fait que nos avancées doivent absolument rester ignorées du reste de la population et en premier de nos propres confrères ainsi que de la surveillance militaire. Si un individu met, par hasard, la main sur l'un de ces opuscules, la teneur doit lui apparaître absconse afin qu'il s'en désintéresse. Par exemple en nous plaçant dans la réflexion des intervenants reliés et étudiés comme le Major.*

L'Opuscule concerne la position calculée de l'extension de La Firme dans la réalité de notre système solaire. Le calcul de la position est relatif et supposé.
Le texte qui suit est en accord avec notre décision.

Avez-vous remarqué les dallages noirs et blancs présents dans les tableaux des Maîtres de l'époque médiévale ?
N'importe quelle personne arpentant un musée peut en voir par dizaine et ne pas y prêter attention, car les dallages évoluent au fur et à mesure que l'on progresse dans la perspective.

Noirs et blancs, noirs plus clairs parfois teintés d'indigo quasi indécelable, tachetés de points, ces dallages sont des clefs offertes. Tout détail ouvre une porte.
Lorsque les dallages arrivent vers le bord des mondes, les perspectives sont tronquées sans aucune raison apparente.
Noir ou blanc, Codex pair ou impair.

Le Dogme était pesant. Aujourd'hui il tue tout autant.
Ces périodes permettent d'obtenir, de la part de certains initiés, les pistes nécessaires.

Les bâtiments centraux dans l'axe de la perspective détournent le regard de fragments plus révélateurs.
Bien entendu, la source principale est un sujet récurrent. Nous avons travaillé sur l'Euphrate, le Pishôn, le Tigre et le Gihôn. Toutes nos recherches aboutissent à la source centrale émettrice des quatre.
Les voies offertes indiquent toutefois qu'un fleuve n'est pas rattaché contrairement à nos découvertes.

En suivant le dallage, la gueule de l'Athanor, ou du moins l'évacuation du fluide, l'on obtient le sésame requis. Tout aussi sûrement que Gog et Magog ne se trouvent pas simplement derrière une grande barrière de métal, ni sous certaines formes, mais qu'ils sont.

Qu'est-ce que La Firme ? Emettre cette question, nous le savons, expose toute vie à un exil de douleur. Nos artifices, nos codes permettent d'explorer le chemin vers la vérité sous d'autres appellations.
La forteresse pivotant sur ses positions tout comme le sol dallé situé sous un pont peuvent entrer dans certaines équations.
Pourtant ceci éloigne de la vérité autre. La poudre de farine sur la pierre de cuisson.

Il y a une multitude d'obstacles mais aussi d'innombrables ponts. Les piliers de certains remplissent des fonctions à ce jour non définies, pourtant ils existent. Par le passé, certains les ont dessinés maladroitement et d'autres les ont documentés. Les Terras Bâtisseurs passent chaque jour devant ces piliers.

Le dallage noir et blanc configure une route vers Alpha Lyrae.
Les sondes Время suivent le dallage et évitent la grande maison mise en valeur sur le fil de la perspective.

La mesure de départ est stable dans les vingt-cinq dalles blanches. Les calculs de parallaxe donnent une grande différence pour la position de la prison.

Une différence de 160 000 années indique le déplacement de la prison.

Alpha Lyrae n'est pas la grande maison mais la bougie.
La prison, toujours en se basant sur la parallaxe, tournera en orbite autour de la bougie dans 300 000 années.

Le grand serpent de fer ayant été détruit par Celui qui claudique, la spirale est hors de contrôle et s'accentue. Par ce principe, la bougie s'éloigne tout aussi sûrement que la prison avance sur les cases. Ces prisonniers seront brûlés par le froid éternel.

Les forces en opposition sont au-delà d'un raisonnement humain, le terme puissant semble si insignifiant que nos échelles de valeur en deviennent misérables.
Nous ne pouvons placer un grand rocher noir comme l'aurait fait Mercator et nous redoutons la présence dans la prison de plusieurs chevaux de Troie placés par Pied Fendu ou ses séides, voire la Fondation elle-même.

La confiance est impossible, elle est impensable pour notre projet. Un atout réside en la présence d'un autre Maître, lui aussi emprisonné, force amoindrie par la possibilité qu'il ne soit plus que poussière. Les noms sont si nombreux qu'ils peuvent peupler une planète.

Lorsque l'homme escalade la tour de ses mains, le faucon peut se révéler curieux et s'approcher de l'être qui le défie sur son territoire.
Ô dague muette, trait d'esprit, flèche de force, douleur de pénitence !

Si l'on oublie le Dogme, le Grand Œuvre peut exister.
Bombastus aurait-il compté le dallage noir et blanc sous l'égide de

Copernic ? Penser que oui ferait-il multiplier le dallage blanc ?
Le voile extensible flottant de l'huile de nard pourrait aussi bien apporter la réflexion sur le fleuve non rattaché.

Sous le nom de la Fondation 1404 portant l'emblème du crâne symbole serti du soleil brillant flottant au nord de l'arbre, tu partiras bientôt remonter la spirale afin de prendre contact avec les prisonniers et les aider.

Le Martyr du Kaolin

* BATTLESUIT – Major Chimalli - TOME 1 Collector.

...nous sommes dans un petit bureau placé dans l'aile gauche de l'établissement. La pluie flagelle les vitres sans discontinuer car un climat épouvantable s'est installé sur le pays, la situation se dégrade chaque jour un peu plus.
L'orage gronde, le vent mugit au travers des huisseries mal isolées, faisant gicler de petites bulles d'eau...

- Alors White ?

Je porte à nouveau mon attention vers Bernhard qui me dévisage. Il attend visiblement une réponse, la situation m'embarrasse. Qu'a-t-il dit ?
J'ai dû manquer un passage, la fatigue des plongées accumulées ces derniers temps me fait avoir des absences.

- White, allez-vous bien ?

Mon interlocuteur est monsieur Bernhard Dietmar, l'actuel directeur du centre Storthes Hall. Bernhard a dirigé l'établissement durant la guerre, ses compétences et ses actions bénéfiques ont atténué la méfiance envers son origine allemande. Il a cédé sa fonction par suite d'une fusion et c'est en partie la raison de ma présence dans son bureau. Au mur, derrière lui, un frontispice encadré portant inscrit « Brigitta » d'un certain A. Stifter est accroché au mur, un sommet de montagne est dessiné.
Un autre cadre à côté contient la photographie d'une jeune femme que je reconnais : il y a un grand tableau ancien la représentant dans le réfectoire des patients. Quel regard étrange a cette femme...

- White, dois-je m'inquiéter ?

White :
Pardonnez-moi Bernhard, je n'ai pas saisi votre dernière phrase.

Bernhard :
- Je vous demandai, si après réflexion, vous acceptiez notre proposition ?

White :
J'y ai réfléchi mais des détails m'échappent, pouvez-vous me rappeler comment se nomme votre successeur ?

Bernhard :
- Mon successeur s'appelle John Wayland et je vous assure qu'il est parfaitement au courant de la proposition en cours. Il veillera sur votre épouse durant votre absence, mais vous le rencontrerez de toute manière à votre retour. Vous avez tous les éléments écrits noir sur blanc dans le contrat posé devant vous.

White :
- J'ai effectivement compris qu'il va s'occuper d'elle, superviser son traitement expérimental, mais... mais pourquoi cette personne s'implique-t-elle autant dans cette histoire ? Vous et moi avons tissé au fil des mois, au fil des discussions quelque chose sur quoi nous appuyer. Je connais vos principes, vos engagements et je sais que vous croyez à cette expérimentation qui pourrait guérir mon épouse, mais voilà, vous partez, vous quittez ce centre. Ce monsieur Wayland a quel intérêt lui ?

Bernhard :
- Je sens poindre d'étranges questionnements de votre part. Comprenez que le docteur Wayland est mon successeur. Il connaît les nouvelles molécules, les nouvelles méthodologies, c'est un expert et en premier un médecin. Son intérêt est le même que le nôtre : améliorer les conditions des patients et persévérer dans les guérisons.

Vous le dites-vous même White, nous nous faisons confiance et éprouvons de l'amitié, un respect d'ailleurs, pour reprendre vos paroles, que nous avons construit au fil de tous ces mois. Monsieur Wayland a un réel intérêt à ce que tout se passe bien, pour votre épouse et au-delà… Êtes-vous fatigué ces temps-ci ? Las ?

Je regarde à nouveau les carreaux de la fenêtre frappés par les éléments. Le sombre extérieur permet à mon reflet d'apparaître sur la surface de la vitre et de souligner à quel point mes yeux sont cernés.
Las je le suis certainement. Épuisé probablement.
Un lointain accident de palier me fait traîner une douleur à l'épaule, comme une main griffue qui me tire dans le néant. Mes os me font mal. Les accidents de décompression laissent des séquelles difficiles et ne m'arrangent pas.
Bernhard a raison, je me questionne sur un avenir que je ne vois pas. A force de vivre dans le noir des eaux profondes, mon raisonnement s'est modifié, lentement, il s'est obscurément modifié.

Bernhard :
- White ? White ! Laissez-moi vous faire une ordonnance. Quelques vitamines vous feront du bien, surtout par ces temps. Rentrez-vous reposer, essayez de dormir. Vous pourrez récupérer vos médicaments à la grille de l'aile des patients, donnez cette ordonnance aux infirmières.
Pour votre réponse, je vous appellerai dans quelques jours, disons après les festivités de Guy Fawkes ?

White (*Bernhard me tend une ordonnance, curieusement bien rédigée. J'ai un médecin personnel maintenant...*) :
- Merci Bernhard, je passerai les prendre dimanche, j'ai ma place réservée pour un repas avec mon épouse. Je deviens un habitué de la cantine. Ne m'appelez pas, dites-leur que j'accepte la mission. Je consens à partir.

[…]

J'ai quitté ce bureau aux huisseries dégradées.

Mon épouse dormait, loin dans les territoires inaccessibles de son esprit. Je suis resté à son chevet jusqu'à l'heure de fin des visites sans qu'elle ne s'éveille. A quoi bon prier en vain.

J'ai remercié le personnel et revêtu mon manteau pour me protéger de la tempête, le retour sera désagréable. Debout immobile sur le perron, la lourde porte aux vitraux épais de l'entrée de Storthes Hall claqua violemment dans mon dos. Une brutalité sonore qui me saisit. Ce lieu me chasse.

Devant moi, une lumière verdâtre perce les rideaux de pluie mouvants. Je découvre que cet endroit est doté d'un éclairage extérieur pour les jours furieux. Au loin, le jardin du couronnement identifiable grâce à son mât de navire est ravagé par les bourrasques. Il doit être l'ombre de ce qu'il fut avant. Les superbes massifs ne semblent plus que ruines sombres vu d'ici.

Il pleut tant que l'eau arrive à hauteur de la première marche du perron, les caves de ce lieu sont en passe d'être inondées. Je reviens pour manger dimanche, avant de partir pour la mission de la Fondation, j'espère qu'il fera beau. Je descends les marches et m'engage dans l'allée, marchant dans l'eau, traçant un sillage dans la nitescence verte. En me retournant, je comprends que cette lumière émane d'un gros projecteur à l'éclat aveuglant logé dans l'horloge.

[...]

1948

Le bateau fend les eaux du fleuve Usumacinta. Nous sommes souvent secoués et je m'accroche à mon siège. Ce bateau est à turbine, je n'avais jamais vu ce type de modèle.

L'air est chaud et très humide, j'ai l'impression de boire de l'eau croupie à chaque respiration.

Quelle humidité gluante ! Des odeurs de bois pourri et de corps putréfiés rendent la traversée difficile. Et toute cette vase ! Je regrette le froid des fonds de Scapa Flow. Les ténèbres des profondeurs me manquent.

Ici tout n'est que lumière verte irradiante, c'est un enfer décomposé.

Tout n'est qu'agression.

Notre repas du dimanche me manque cruellement, je jure que cette mission sera la dernière. Quel temps fait-il à Storthes ? Comment vas-tu aujourd'hui mon amour ?

- White, regardez sur votre droite ! Un monolithe et des sphères...

Malgré les chaos, j'arrive à percevoir vers la berge une stèle monolithique qui émerge de la vase. Autour d'elle, des boules géantes recouvertes de limon renvoient des reflets visqueux. Les ingénieurs sanglés comme moi dans leur fauteuil s'agitent depuis longtemps devant les appareils de laboratoire installés sur le bateau. Les termes « magnétique, boussole » se font entendre malgré le bruit des chocs sur l'eau et des turbines à grande vélocité.

Mon journal est trempé, je dois le préserver. Je reprendrai mes notes une fois installé au campement de la Fondation.

[…]

Un camp sommaire a été dressé.

Il nous a fallu quatre longs jours pour débarquer ici sur cette berge de ce fleuve de la Pasión.

Pour débarquer ici ? Mieux vaudrait dire pour terminer ici, dans un bras mort congestionné par des troncs pourris et des cadavres gonflés qui barrent la navigation. Des obstacles qu'il a fallu dégager à la machette et en tirant des cordes et des chaînes à l'infini. Des kilomètres de chaînes que l'on tend et que l'on ré-enroule.

Je pense à Sisyphe, à son rocher et au scélérat qu'il était.

Cette berge, à bien y réfléchir, ressemble à une rive du Styx en pleine jungle du Petén. Une zone fétide et spongieuse située à quelques jours de la péninsule du Yucatán si j'ai bien compris tout ce qui nous a été indiqué. Et je suis large, des indications distillées au compte-goutte et souvent avec réticence sont davantage en adéquation avec ce que l'on vit.

Je suis las. Notre peau, nos mains sont boursouflées par les piqûres de moustiques, c'est à devenir fou mais je ne suis pas le seul ici à être fatigué et tuméfié. Toute l'équipe aussi.
Sauf qu'il n'y a pas que de la fatigue chez certains, il y a de l'inquiétude.

La coordinatrice de l'expédition m'a mis en binôme avec un grand type très sec et longiligne, noueux comme un vieil arbre : Zohtpo Bélogor. Il est comme moi, un vétéran pied lourd et nous sommes les deux seuls plongeurs de l'équipe constituée en majeure partie d'archéologues, de scientifiques et de porteurs, d'assistants… Pour parler vrai, je ne sais pas trop qui fait quoi ici.

Bélogor et moi sommes souvent tenus à l'écart, difficile de nous intégrer aux équipes de recherches. Possible que l'on nous prenne pour des manutentionnaires sans grand intérêt. Pourtant, au début, peut être sous l'effet de l'excitation des découvertes, les archéologues nous en montraient quelques-unes, puis ils sont devenus préoccupés et se sont enfermés dans leurs problèmes.
De fait, Bélogor et moi passons beaucoup de temps ensemble et à vérifier nos scaphandres de plongée. Nos peaux de bouc souffrent sous ce climat tropical et se couvrent d'un linceul de moisi blanchâtre qui nous inquiète.
Nous faisons part du problème à Chiajna, notre coordinatrice. Elle nous donnera des directives « bientôt », avec un discret accent slave.

C'est le soir.
Bélogor et moi alimentons un des feux du campement puis nous décidons de prendre notre repas ici, devant ce foyer. Nous parlons pour chasser l'ennui et passer le temps, mais la première raison est le travail, nous devons mieux nous connaître. Lorsque nous serons en plongée, chacun aura le devoir de veiller sur l'autre.

Zohtpo Bélogor à un fils de 9 ans, Rzasbol, resté au pays. Il lui manque beaucoup. Il a de grands projets pour lui, d'ailleurs l'argent de cette mission servira en grande partie à ce qu'il ne perpétue pas la tradition familiale en devenant un pied lourd à son tour. L'amour envers son fils semble véritable et il se dévoue pour lui, cela me touche et je comprends ses sacrifices. Cette nuit-là jusqu'à tard, nous nous racontons nos histoires de plongées autour du feu pendant que les autres membres de l'équipe sont assis autour de tables rudimentaires, sous les auvents. Nous les entendons parler parfois, il en ressort qu'ils galèrent vraiment.

Bélogor me raconte comment il a rejoint la Fondation. C'est Boris, un américain qui l'a convaincu. Bélogor est connu dans son pays, c'est un scaphandrier expert capable de travailler à l'explosif. Nos scaphandres ont de nombreuses différences. Ils sont comme nous, de nationalités différentes, et nous apprécions de passer des heures à comparer leurs composants lorsque nous déployons le matériel sur les tables.

Notre travail nous passionne et, de plus, nous nous respectons mutuellement.

Autour de nous un noir d'encre s'est déployé.

La jungle exhale un grand nombre de senteurs que nous ne connaissons pas. Je peux enfin partager des choses avec quelqu'un qui, comme moi, ne connaît pas ce qui l'entoure : la jungle. Nous en parlons avec nos mots à nous. Bélogor se révèle être astucieux, j'oserais dire qu'il est rusé. Il a débarqué ici avec un plein sac d'humeur positive. Je ne vois pas ce qui pourrait affecter son entrain.

Nous apprenons chaque jour ce qui constitue notre environnement comme nous le pouvons, en observant et en écoutant ce que racontent les membres de l'équipe qui veulent bien échanger avec nous en sacrifiant un peu de leur temps.

Les singes hurleurs sont agités et rodent en dehors du périmètre. La zone est dangereuse et les consignes sont fermes, à commencer par celle de ne jamais quitter le campement de jour comme de nuit.

Nous nous sentons écrasés par les odeurs de cette jungle, par l'obscurité au-delà de la lueur des flammes du foyer et par autre chose aussi, un martèlement sourd, lancinant, oppressant. Un son "lourd" que nous n'entendons pas vraiment mais que l'on perçoit. Il y a quelque chose dans la jungle et ce quelque chose altère le sourire de Bélogor.

Il y a donc des choses qui peuvent l'assombrir.

Le lendemain, après une mauvaise et courte nuit, la routine reprend.

Nous traînons dans le campement, étalons nos scaphandres sous les auvents et utilisons les tables libres.

Nous nous amusons du spectacle d'un curieux animal qui circule de tente en tente avec grand bruit. Pataud et rondouillard, il pousse des petits cris comiques campé sur ses pattes courtes. Soudain, une espèce de grand diable, jailli d'une tente, lui balance de toutes ses forces un grand coup de pied, le projetant comme un ballon.

Bélogor et moi, interloqués, regardons l'homme se saisir d'une grande rame en bois avec l'intention d'achever la bête prostrée.

Bélogor bondit vers le grand type, vif comme une flèche qui claque. Il se plante devant lui tel un obstacle entre la brute de l'animal au sol.

Bélogor :
- Enflure ! Qu'est-ce que tu fais ? Lâche cette rame !

Le grand type fait une tête de plus que Bélogor. Il ne semble pas vouloir lâcher sa rame. Il ne dit pas un mot. La tension monte très vite.

Bélogor tente de se saisir de la rame mais il manque son coup. Je remarque qu'il a du mal avec sa jambe droite un peu raide. A son tour, le grand type le frappe à la poitrine avec l'extrémité de sa rame. Le bruit qui se fait entendre est inquiétant…

[…]

Une nouvelle journée de passée. Pas la meilleure depuis notre arrivée. Je suis intervenu en déployant ma grande carcasse. L'adversaire de Bélogor était petit en face de moi et j'ai saisi sa gorge avec ma main, le soulevant du sol pour le neutraliser. Une pourriture au milieu de la pourriture d'une luxuriance décomposée. Ses veines palpitaient et je sentais qu'il glissait dans la noirceur de mon monde, je l'attirai avec moi sous des eaux sombres.

Bélogor, étendu sur le sol, a crié ; une voix douloureuse, une voix de souffle coupé et d'os rompu. Il m'a demandé de lâcher le type.

J'aperçus alors derrière Bélogor un indien âgé, la taille ceinte d'un simple pagne et la tête coiffée de plumes arc-en-ciel. Son attitude hiératique semblait appuyer la demande de mon collègue, du moins l'ai-je ressenti ainsi.

Alors je l'ai fait, j'ai relâché mon étreinte. La brute a reculé de plusieurs pas en raclant toute sa tuyauterie pour recouvrer son souffle.
Tout se paie un jour, je sais être patient. Personne ne touche aux pieds lourds sans le payer durement. C'est le code.

Désormais, Bélogor et moi sommes encore plus isolés. On nous évite. Ma colère envers le grand type ne retombe pas, alors je regarde les flammes dansantes sur les bûches. J'ai appris qu'il se nomme Capotzo. C'est un indien recruté dans un des villages épars autour de notre campement. Une brute qui passe son temps à s'imbiber de pulque.
Bélogor s'en sort bien – si l'on peut dire – avec une côte cassée et une possible fracture sternale. Le médecin présent sur le campement souhaite attendre l'évolution de l'hématome car il redoute un pneumothorax. En tout cas les plongées sont compromises pour le moment.
Bélogor est installé sur nos sacs de couchage, bien calé et ça se voit qu'il souffre. Mais il sourit en me disant d'approcher.

Bélogor :
- Hé ! White, tu sais quoi ? Le soleil ne doit pas se coucher sur ta colère et là, tu vois, la nuit nous entoure. C'est dans la Bible.

Je trouvais en Bélogor une amitié qui m'avait fait défaut durant de longues années.

Je ne lui demande pas s'il est croyant mais l'entendre citer la Bible me surprend.
Il me parle un long moment de son fils Razsbol, récit interrompu par Chiajna qui vient déposer une bûche à nos côtés pour s'y asseoir.

- Bonsoir messieurs.

Que le son de sa voix est clair, comme une vibration harmonique…

- En premier, comprenez et considérez que la Fondation ne cautionne en aucune façon ce qui s'est produit aujourd'hui sur le campement. C'est inadmissible !

Plus elle nous parle et moins j'entends ses mots. Son visage éclairé par les flammes du foyer est comme une révélation, surtout ses yeux. Le même regard étrange, les mêmes yeux que ceux de la femme peinte sur le tableau ancien du réfectoire de Storthes Hall. La forme de son visage me semble toutefois présenter des différences mais si légères...

- Pour votre sécurité et la nôtre, vous serez dès demain installés dans un autre campement jouxtant celui-ci. Il faudra le construire et vous y emploierez votre temps libre car les plongées ne sont toujours pas planifiées du fait de certaines difficultés. Et aussi à cause de la blessure de votre équipier.
En disant cela, elle s'est tournée vers Bélogor.
- Et pour que vous ne soyez pas isolés, je vous présente Ilaqui si, à tout hasard, vous ne vous connaissez pas encore.

Ilaqui se tenait dans notre dos, venu sans bruit et attendant. Je reconnais immédiatement l'indien avec ses plumes arc-en-ciel sur la tête. Bélogor me regarde, il a l'air interdit et ne dit mot, j'ai dû manquer un passage. *Ai-je emporté les vitamines de Bernhard dans mes bagages de voyage ? j'ai un doute...*

- White, allez-vous bien ? *Qu'a-t-elle dit ? J'ai dû avoir une nouvelle absence...*

- Messieurs, je vous remercie pour votre écoute, comprenez que la Fondation exige que chaque intervenant doit rester pleinement investi de sa mission.
Elle s'adresse à Ilaqui :
- A demain.

Quel regard troublant a cette femme. Quelque chose ne va pas dans ma tête, quelque chose que je ne comprends pas.

Ilaqui se déplace sans faire de bruit. Ses gestes sont mesurés. Il porte dans ses mains un petit bol de terre cuite qui contient une pâte, un onguent. Il fait signe à Bélogor de retirer sa chemise pour qu'il puisse le soigner.

Le sternum de Bélogor a pris une vilaine teinte bleu-noir. L'indien avec l'index et le majeur réunis prélève de l'onguent du bol et concocte un cataplasme qu'il applique sur cette partie tuméfiée du torse. Il couvre le tout de feuilles d'arbre.

Ilaqui :

- Tu dois laisser agir une nuit et un jour, sans toucher. Itzamna est à tes côtés pour ton geste.

C'est la première fois que nous entendons sa voix, et il parle bien. Je regarde Bélogor qui me regarde tout aussi étonné.

Bélogor :

- C'est quoi comme pansement ? C'est bien un pansement n'est-ce pas ?

Ilaqui

- Oui c'est un pansement, tu peux dire ça. Il ne faut pas craindre ce que je t'ai appliqué.

Bélogor :

- Tu es un médecin Ilaqui ?

Ilaqui :

- Oui, tu peux dire ce mot. Ici on dit un curandero mais j'ai un don transmis par ma mère, la vénérable Anansi. Dans ce territoire, je suis le shaman.

White :

- Ilaqui, tu as dit qu'il avait fait un geste, peux-tu nous expliquer ?

Ilaqui :

- Pour expliquer le geste, il faudrait que tu connaisses l'histoire d'un pacte entre nous, les hommes, et l'animal que vous appelez tatou, celui qui a été tué. Le pacte a eu lieu longtemps après le sacrifice de

Nanaoutzin, lors d'un conseil dans la forêt. Le jaguar et le caïman étaient présents. L'homme ne peut tuer un tatou sans raison.
Il regarde intensément Bélogor.
- Tu as voulu protéger le tatou sans rien savoir, voici le geste. La brute avec la rame appartient au clan des Serpents, les descendants de Jorge la Vipère. Capotzo t'aurait tué, jamais il n'a été battu. C'est pour avoir protégé le tatou qu'Itzamna t'apportera la guérison.

Bélogor :
- Je comprends Ilaqui mais c'est mon ami qu'il faut remercier, heureusement qu'il était là.

Ilaqui me regarde à mon tour, aussi intensément qu'il a regardé Bélogor. Il semble me craindre…

Ilaqui :
- Il te faut dormir maintenant, la journée sera dure demain a dit Chiajna !

Bélogor et moi rejoignons nos tentes. Nous avons vraiment eu une sale journée.

[…]

Ilaqui nous lève tôt.
Bélogor et moi avons du mal à ouvrir les yeux mais mon binôme se porte mieux. Il tient sa chemise fermement boutonnée pour protéger son précieux cataplasme. Ilaqui lui a ordonné de le garder toute la journée.

L'indien nous donne une machette à chacun :
- Il faut boire le café, ensuite nous partons.

Nous voici partis après quelques préparatifs. Nourriture, scies, haches et les machettes d'Ilaqui. Il pleut sans arrêt. Nous pataugeons dans une boue collante.

Parfois nous nous y enfonçons au-dessus du mollet, nous perdons nos bottes qui restent enfoncées dans la gadoue avec un bruit de succion. Heureusement qu'Ilaqui ne nous a amenés qu'à cinq minutes de marche du campement.

Les nuages descendent presque jusqu'à nous. Une brume chaude nous entoure, pourtant Bélogor et moi avons froid. Nous avons des frissons. Et voilà la pluie, une pluie diluvienne. Ilaqui fait une pause et s'assoit sur un tronc d'arbre abattu. Il nous invite à faire de même. Nous prenons donc place sur le tronc ruisselant d'eau – plutôt à contrecœur. Bélogor s'est enveloppé avec sa couverture d'un bleu passé. Je pense qu'il tente de se faire un cocon chaud mais sa couverture dégouline.

Ilaqui :

- Cet arbre tombé est un Ceiba. Un jour, Nakavé a jeté la lune dans la mer pour que la justice soit rendue. C'est l'origine du grand déluge.

Bélogor :

- Qui est Nakavé ?

Ilaqui :

- C'est une géante bienfaisante qui a sauvé Hikouli en lui disant de grimper sur un Ceiba. Et lorsque les eaux arrivèrent dans la forêt pour l'engloutir, le Ceiba poussa plus haut que les montagnes, sauvant ainsi Hikouli bien à l'abri dans les branches.

White :

- Qu'est devenu Hikouli ?

Ilaqui :

- Ici ce sera notre campement ! Avec cette souche de Ceiba, il faut fabriquer la table. En premier, il faut établir la clairière en traçant la forme de la lune et couper tout ce qui est dedans.

La pluie n'a jamais cessé depuis l'histoire du déluge de Nakavé.

Nous avons formé un cercle, une belle superficie pour la future clairière avec la souche au centre. Nous en avons eu pour quatre jours harassants à couper tous les arbres, à débiter tous les troncs, à aplanir les trous, pataugeant dans des myriades de filets d'eau.

J'ai laissé le soin à Bélogor de travailler avec la machette pour que sa blessure ne s'aggrave pas pendant que j'accomplissais les travaux de force : dessoucher et porter les billes de bois, abattre les arbres. A un moment donné du chantier, la pluie est devenue si dense que nous avons dû creuser un fossé d'un bout à l'autre de la clairière pour canaliser les torrents d'eau qui provenaient de la jungle. Cet endroit était détrempé, inhabitable. Chaque soir Ilaqui venait nous récupérer. Il étudiait les avancées et restait exigeant sur la qualité du travail.

De retour au campement, Bélogor et moi sommes pris d'une toux caverneuse. Bélogor ne quitte plus sa couverture pourtant toujours humide.

Le médecin de la Fondation nous donne des pilules bleues, une à prendre le soir avant de dormir et une le matin.

Bélogor, Ilaqui et moi sommes assis sous l'auvent du campement principal en train de boire le café et, pour nous, d'avaler les pilules bleues, lorsque l'indien met sa main sur celle de Bélogor. Son regard est méfiant, il nous dit à voix basse en secouant discrètement la tête :
- Ne prenez pas ça… Allez, nous partons.

Durant le trajet, la pluie cesse net. Comme si quelqu'un venait de fermer une vanne.

Nous débouchons dans la clairière toute récente, faite de nos propres mains. Un soleil brûlant a succédé aux ondées. Nous allons enfin pouvoir vider l'eau de nos bottes et faire sécher nos affaires.

Plus d'arbre au-dessus de nos têtes, nous voyons désormais le ciel. Nos nez sont congestionnés, nous avons de la toux, nous ne sommes pas vraiment en forme.

J'en parle à Bélogor car plonger dans cet état peut tuer un homme.

Ilaqui a encore une grande liste de directives : confectionner des bancs, construire l'atelier de plongée, améliorer le fossé, mais en priorité bâtir le nouveau foyer près de la souche du Ceiba et déployer un auvent au-dessus pour le protéger des intempéries et du soleil.

Ilaqui nous abandonne après nous avoir demandé de régulariser encore la surface de la souche pour en faire une table acceptable. Ce travail précis et exigeant nous prend la matinée entière. Il veut que ça soit uniformément plat et lisse. Bélogor a l'idée d'utiliser un fer de hache et de le manipuler comme un rabot. C'est un long travail fastidieux mais nous y sommes arrivés. Lorsque la pause du repas sonne, Ilaqui réapparaît. Il scrute la surface de la souche que nous avons abrasée, rabotée, poncée consciencieusement avec des pierres et le fer des haches. Il passe ses mains dessus en clignant des yeux, visiblement satisfait puis, se tournant vers nous, il indique que, désormais, nous ne mangerons que sur la table d'Hikouli.
Il positionne des feuilles de palmier, dresse dessus des galettes de maïs, avec des frijoles dans un bol. Quatre galettes de maïs étant disposées, nous lui demandons, surpris, qui va manger avec nous.

Ilaqui :
- Une invitée. La Mort.

Il nous apprend l'importance de respecter les divinités de ces territoires. Il nous donne à chacun un bambou coupé qui fait office de récipient, rempli d'un liquide orange assez pâteux. Il nous demande d'en boire le contenu d'un coup en précisant que c'est la bonne médecine. En revanche, il proscrit très clairement les pilules bleues que le médecin du campement nous a prescrites.
- Pourquoi ?
Il répond de manière lapidaire :
- Ce n'est pas bien.

Les frijoles et la galette de maïs nous font le plus grand bien. A la fin du repas, nous toussons beaucoup moins et nous nous sentons moins congestionnés. Un réel mieux être.
Au début du repas, Ilaqui avait placé un bol contenant de la cendre, à première vue.

Bélogor, que son esprit curieux porte à toujours poser des questions, lui demande ce qu'il y a dedans et à quoi ça sert.

Ilaqui :
- Quand tu manges avec la Mort, parfois elle te saisit avec ses osselets. Alors, jette-lui une poignée de cendre dans les yeux et la bouche. Tu pourras t'enfuir car elle ne te verra plus et la cendre dans sa bouche l'empêchera de prononcer le mot de *mort*.

[…]

Quelques jours plus tard, nous avons terminé d'aménager notre clairière.
Bélogor ne ressent désormais qu'un inconfort au niveau du sternum, nous ne toussons plus du tout. Bien au contraire, nous nous sentons en excellente forme. J'ai du mal à me reconnaitre, j'ai la sensation d'avoir retiré une vieille peau usée qui adhérait à mon corps.
Bélogor et moi-même sommes d'accord : notre mise à l'écart a finalement été un bienfait.

Nous mangeons bien, nous sommes sans cesse occupés à satisfaire les demandes d'Ilaqui et je pense sincèrement que nous voulons bien faire et qu'il soit content de nous. Cela nous accapare l'esprit positivement.

Il faut dire que, avec la présence d'Ilaqui, nous apprenons énormément sur notre environnement. Il nous instruit véritablement. Et puis avec lui, lorsque la nuit s'installe, la pulsation sourde que nous ressentons disparaît presque.
Oh oui, Ilaqui nous intrigue singulièrement. Cet homme avait bien reçu des dons par sa mère. Nous en sommes désormais convaincus. Nous ne ferons rien qui puisse le décevoir.

[…]

Notre clairière montre chaque jour plus d'attraits que la veille. Je peux en énumérer deux atouts : une superbe table sacrée, grâce à la souche du Ceiba, pour prendre les repas avec, à côté, un grand foyer de belles

pierres mises en cercle pour cuire les galettes et les aliments, chauffer le café ; un fossé de pierres plates avec une goulotte pour drainer les filets d'eau et disposer en permanence d'une source d'eau fraîche.
Notre atelier est terminé. Il abrite notre matériel de plongée avec des outils de maintenance. Nous avons construit des mannequins en bois, inversés pour faire sécher les peaux de bouc en les exposant à l'air.
Dans un bol en bois, Ilaqui a composé une solution qui a retiré toute la moisissure blanche de nos peaux de bouc. Le plus incroyable est que le caoutchouc s'est assoupli, comme régénéré après ce traitement.

Nos tentes sont bien plantées autour du foyer. Le sol est si bien aplani que la terre apparaît. Il nous est plus facile désormais de voir les serpents et autre scorpions dangereux avec une vue dégagée. Cette clairière est devenue vitale et nous y sommes bien.

Ilaqui a dressé, près de l'atelier, un autel votif destiné à remercier Itzamna. Bélogor n'apprécie pas vraiment car Ilaqui lui a dit de faire des offrandes. Je ne connais que très peu de choses sur Itzamna – ce que nous conte Ilaqui pour tout dire – mais dans ma tête je commence à lui parler.

Ce soir justement, je manque de peu de me faire mordre par un serpent, lové contre une des pierres du foyer, silencieux. Une attaque fulgurante. J'ai une chance extraordinaire en évitant sa morsure par un improbable réflexe. Bélogor le décapite d'un coup de machette. Nous en restons hébétés, je reviens de loin.
Dans notre dos, Ilaqui nous surprend encore une fois par sa furtivité. Il ne dit rien. Il observe. Nous lui demandons si le fait d'avoir tué le serpent est un mauvais geste…

Il demeure immobile, il me semble être en état de réflexion méditative, puis s'approche d'un pas solennel. Il s'assied sur une des bûches qui font office de siège.
Il parle et ses paroles remplies de conviction nous fascinent et nous happent.

Ilaqui :

- Quand notre monde était jeune, le soleil brillait sans cesse. Les hommes, les animaux ne pouvaient plus se reposer. Alors la colère grondait plus fort chaque jour. La nuit avait disparu. Les rivières s'asséchaient car le soleil frappait fort. La chaleur terrassait tout ce qui vivait, volait, nageait, rampait. Les indiens arrivèrent au bout de leur limite physique. Ils furent d'accord pour dire qu'il fallait chercher la nuit. Peut-être était-elle tombée malade ?

Les hommes tinrent un grand Conseil et décidèrent d'envoyer Tleyotl pour cette quête, le plus grand chasseur de ce monde.

Il se mit en marche, parcourut les plaines et les montagnes à la recherche d'indices.

Les animaux craignaient les hommes et plus particulièrement Tleyotl qui était le plus grand des chasseurs. Ils lui dirent que les serpents avaient quelque chose à voir avec cela.

Après quelques jours, Tleyotl arriva dans le territoire de Souroukoukou, le chef du peuple des Serpents.

Souroukoukou vivait au fond de la jungle dans un lieu où même le jaguar n'osait aller. En pénétrant dans ce repaire, Tleyotl, homme fort et courageux, savait qu'il mettait sa vie entre les mains de Mictlantecuhtli.

Tout autour de lui les reptiles sortaient de terre, de dessous les feuilles luisantes, des troncs d'arbres creux. Ils étaient si nombreux que se formait, à la droite et à la gauche du grand chasseur, un ruisseau de serpents.

Souroukoukou, le grand chef des Serpents, attendait, dressé sur tous ses muscles. Son apostrophe fut hautaine :

- Que viens-tu faire chez nous, homme ?

Tleyotl salua Souroukoukou et se présenta. L'armée reptilienne l'entourait, prête à fondre sur lui au signal de leur chef. Sûr de sa bravoure, il continua :

- Partout dans la jungle, on dit que les serpents ont caché la nuit. Grand Souroukoukou, nous manquons d'eau et le sommeil nous a fuis. Alors, si tu me rends la nuit, je te donnerai le plus bel arc et les plus belles flèches que jamais monde vivant ne connût.

Le silence se fit. Un silence si pesant que le vent lui-même n'osait le traverser.
Souroukoukou émit soudain un sifflement suraigu, laissant éclater sa colère, une colère de lèse-majesté. Tout le peuple-serpent se mit à se tortiller frénétiquement.
- Tu oses te moquer de moi ! Que ferais-je de ton arc et de tes flèches ? Je n'ai ni bras, ni mains. Apporte-moi un présent digne de mon rang royal !

Sur ces mots, les reptiles se dissipèrent, glissant les uns sur les autres comme des cordes huilées aux reflets luisants.
Tleyotl réfléchit durant le trajet du retour. Une fois arrivé, il convoqua les hommes en assemblée. Ce fut une grande assemblée d'indiens qui réfléchit intensément sur ce qui pouvait être valablement offert au chef des Serpents en échange de la nuit.
Le jaguar, l'agouti, la tortue, eux aussi affectés par les privations, étaient à l'affût derrière les huttes et écoutaient.
La fatigue minait les hommes tout comme la soif les dévorait. Trouver une idée dans ces conditions s'avérait difficile. Au terme d'une longue et pénible réflexion, ils décidèrent d'offrir une crécelle.
Ils créèrent la plus belle crécelle que jamais monde vivant ne connût.
Ils la confièrent à Tleyotl qui reprit le chemin du territoire du peuple-serpent.

Les animaux décidèrent alors de respecter une trêve tant que cette histoire ne serait pas terminée. Le jaguar promit de ne manger personne et, comme il était le plus craint des animaux et savait se déplacer sans bruit, il fut désigné pour suivre le déroulement de l'affaire.
C'est ainsi qu'il fila Tleyotl sans que ce dernier, absorbé par sa mission, ne s'en rendit compte.

Souroukoukou l'attendait au même endroit, impavide. Il savait tout sur tout grâce aux milliers de ses sujets qui rampaient dans la jungle et lui rapportaient tout.
- Je sais que tu m'apportes une crécelle. Montre-là moi !

Le grand chasseur s'approcha, l'objet déposé sur ses deux mains ouvertes.

Souroukoukou resta émerveillé par ce qu'il voyait :
- C'est un très bel objet, un des plus beaux fabriqués par l'homme. Mais comment penses-tu que je puisse l'utiliser ? Je n'ai toujours ni bras, ni mains.

Tleyotl :
- Et si je te l'accrochais à la queue ? Tu pourrais alors t'en servir.

Souroukoukou fut d'accord et Tleyotl accrocha la crécelle à la queue du serpent. Après quelques essais, le résultat était médiocre, seul un petit bruit de frémissement de feuilles froissées en sortait.

Souroukoukou :
- Ce n'est pas ce que je veux, mais je vois que les hommes ont fait des efforts, c'est un bel objet, j'y suis sensible. Je t'échange la crécelle contre une courte nuit.

Tleyotl :
- Mais qu'allons-nous faire d'une courte nuit, ça ne suffira pas !

Souroukoukou :
- Donner la longue nuit vaut très cher et les hommes ne possèdent rien qui ait une valeur équivalente… sauf une chose.

Le jaguar aplati dans la jungle ne perdait pas une miette de l'échange. Oreilles dressées, il captait tout.

Souroukoukou :
- En échange de la longue nuit, je veux une cruche de ce poison avec lequel vous enduisez vos flèches.

Tleyotl :
- Notre poison ? Mais qu'allez-vous en faire ?

Souroukoukou :
- Ça ne te regarde pas homme ! Une jarre de votre poison contre la longue nuit.
Reviens me l'apporter. Mais, pour l'instant, voici la courte nuit que je te remets en échange de la crécelle.

Souroukoukou poussa vers Tleyotl un petit sac en peau fermé d'un cordon de liane tressé. Puis il s'enfonça dans son domaine en agitant la crécelle qui faisait maintenant un petit frémissement plus prononcé.

Tleyotl ramassa le présent et reprit le chemin vers son village. Le jaguar n'en pouvait plus de sa veille, brisé de sommeil durant le trajet du retour. Il dut se retenir à maintes reprises de sauter sur le chasseur pour lui voler le sac et libérer la nuit.

Tleyotl raconta l'entrevue avec le chef du peuple-serpent et personne ne fut d'accord pour lui donner une jarre de poison.
Alors il montra le sac de peau. L'assemblée donna son consentement pour qu'il libère la nuit. Tleyotl dénoua le cordon tressé et la courte nuit jaillit pour envahir le monde entier de ténèbres. Les hommes, le jaguar et toutes les bêtes – sauf les serpents – tombèrent dans un sommeil profond.
Le repos fut bref, le soleil surgit de nouveau et chassa la courte nuit.

Le résultat fut pire que la privation. Ce mauvais sommeil très court avait rendu les hommes et les bêtes malades. La situation n'était plus tenable.

Tleyotl posa une jarre au centre de la grande hutte de l'assemblée. Puis il rassembla la communauté et demanda que tous les hommes apportent du poison pour en remplir le récipient et l'échanger contre la longue nuit. Les hommes acceptèrent.
Chacun apporta sa contribution et la jarre fut remplie. Alors Tleyotl se mit pour la troisième fois en marche vers le territoire des serpents.
Le voyage fut long car le chasseur avançait lentement en serrant dans ses mains la précieuse jarre.
Enfin, le territoire des serpents fut en vue.
Souroukoukou l'attendait au même endroit. A ses côtés, un gros sac de peau noué d'une solide liane.

Souroukoukou :
- Je savais que tu reviendrais. La longue nuit est dans ce sac. As-tu bien apporté le poison ?

Tleyotl :
- Oui ! Voici la jarre du poison des hommes. Je te l'échange contre la longue nuit. Puis-je à nouveau te demander pourquoi le peuple-serpent veut avoir le poison ?

Souroukoukou :
- Regarde mon peuple Tleyotl, nous sommes petits, faibles. Les bêtes et les hommes nous chassent, nous tuent. Grâce à ce poison, je pourrai rendre nos crochets venimeux. Que les hommes soient rassurés, je ne donnerai qu'une toute petite quantité pour nous défendre et non pour nuire. Prends ce sac, l'accord est conclu. Mais il y a une dernière chose, chasseur… Serre bien ce sac contre toi et n'ouvre-le qu'une fois arrivé à ton village. Si tu libères la nuit trop tôt, je ne pourrai pas répartir le poison comme je l'entends car les ténèbres m'en empêcheront… Si tu relâches la nuit trop tôt, tout le monde devra en supporter les conséquences.

Tleyotl :
- J'ai compris…

Il chargea le sac sur son dos et tourna les talons.

Le jaguar avait eu le plus grand mal à se remettre de la courte nuit et avait pris du retard sur Tleyotl. Il le vit sur le chemin du retour, ayant manqué tout l'échange. Harassé et affamé, impatient, il n'avait d'yeux que pour le gros sac que portait Tleyotl. D'un bond, il bloqua le chemin et, dans une posture intimidante, ordonna au chasseur de libérer la nuit. Il fut aidé par ses acolytes, les singes hurleurs excités et le caïman agressif, long corps massif sorti de la rivière.

 - Libère la nuit maintenant ! rugit le jaguar. Le chasseur n'avait ni arc, ni flèches, ni lance. Le barrage était de taille et de poids, les bêtes déterminées.

Le jaguar fit un bon prodigieux et renversa net Tleyotl. Mais il ne lui fit aucun mal car seul le gros sac le fascinait. Il le prit dans sa gueule et s'enfuit dans la forêt. Rongé par l'impatience, il déchira frénétiquement le sac à coup de griffes et de dents et libéra la longue nuit.

Les ténèbres furent immédiates ! Hommes et bêtes, déconcertés, ne trouvaient plus leur chemin, beaucoup tombèrent en léthargie à l'endroit même où les ténèbres les avait saisis. Tleyotl réussit à tâtons à trouver un Ceiba et grimpa vivement au sommet. Il eut juste le temps de se caler entre deux grosses branches avant que le sommeil ne le terrasse.

Souroukoukou fut lui aussi abasourdi quand les ténèbres tombèrent au tout début de la répartition du poison. Les serpents, pris d'une avide frénésie, se jetèrent sur la jarre qui vola en éclat. Souroukoukou faillit succomber sous le nombre. Il fut même blessé et assista, impuissant, à l'assaut désordonné des serpents pour s'imprégner du poison.

Le geste du jaguar a changé le monde. A partir de ce moment, les serpents se mirent à tuer de leur crochet tout ce qui passait à côté d'eux.

Ilaqui regarda Bélogor puis White plus longuement :

- Non, ce n'était pas un mauvais geste, pour répondre à ta question. Les serpents savent qui prévenir avec la crécelle de leur queue afin de ne pas les mordre.

Les descendants de Jorge la Vipère sont toujours prévenus sur ce territoire…

Ce même soir, Bélogor demande à White :
- Tu ne trouves pas qu'Ilaqui est bizarre avec toi ?

White :
- Je partage ton impression, je pense que je lui fais peur.

Bélogor
- Mais pourquoi ? As-tu fait quelque chose qui lui a déplu
depuis ton arrivée ?

White :
- Non, rien je t'assure et c'est plutôt le contraire, j'apprécie et respecte Ilaqui.

Bélogor :
- Depuis le début il ne te répond que rarement et évite de rester à côté de toi, je l'ai remarqué et c'est pour ça que je te demande.

White :
- Je ne sais pas quoi te dire.

Bélogor :
- Moi, je pense que tu lui fais peur parce que tu es très grand et très fort, tu dois ressembler à un arbre pour lui. Il parle beaucoup des arbres.

White :
- A ton avis, il travaille volontairement pour la Fondation ou il a été recruté comme nous ?

Bélogor :
- Difficile à dire, sûrement recruté comme nous… En tout cas, son histoire avec les serpents était très belle, je la raconterai à Rzasbol. Je suis certain qu'elle lui plaira beaucoup. Qu'il me tarde de le revoir.

Cette nuit-là, White reste longtemps agenouillé devant la stèle dédiée à Itzamna. Ses pensées sont impénétrables, des larmes coulent de ses joues.

Ilaqui observe la scène depuis la rangée des premiers arbres plongés dans le noir de la nuit, en dehors du périmètre de la clairière.

[…]

- White ! Bon sang !
Eugène me dévisage, assez mécontent. J'ai dû avoir une nouvelle absence. Qu'a-t-il dit ?
Chiajna me jette un regard sombre, j'ai forcément manqué quelque chose. Bélogor me fait signe des yeux de regarder le plan sur la table.

FONDATION MOSTRA
SITE XUL 1948

Experts qualifiés
Direction : Eugène
Coordinatrice : Chiajna
Topographie : Pilar
Anthropologie : Carlos
Archéologie : Eugène, Juanita
Datation : Burkhardt, Consuelo
Spéléologie : Vasco, Moran
Hydrologie : Gonzague, Rosaria
Ingénierie neutronicienne : Fondation
Radioprotection : Fondation

Neurogénétique : Fondation
Ingénierie matérielle : Fondation
Logistique : Fondation

Directeur de plongée / plongeur de secours : A/B alternance
Plongeur A : Zohtpo
Plongeur B : White

Personnel clé des plongeurs
Equipe de ventilation A : João, Axular, Augusto, Maximiano
Equipe de ventilation B : Javier, Enrique, Alejandro, Benito
Grue : Bogdan, Radu, Miguel, Yuma

- Donc White, pour résumer, vous êtes positionné en plongeur B. Vous passerez après la première descente de Bélogor car vous êtes le plus expérimenté pour les grandes profondeurs. Vous pousserez plus loin suite à la première reconnaissance et conseillerez votre binôme pour les prochaines descentes.
Est-ce que nous mettons en application tout ce que nous avons planifié ?
- Bélogor et White, vous remettrez votre analyse à Chiajna demain.

Passons aux grutiers à présent.
Tout le monde acquiesce, beaucoup de tension palpable dans cette réunion. Pourtant ça ne sera qu'une plongée profonde de plus. Je me demande si Itzamna pourrait guérir mon épouse. Nous sommes dimanche, est ce que tout va bien à Storthes Hall ?

[…]

Retour à notre campement, le nôtre, dit secondaire, le campement de la clairière.
Il est 15 h 00. Bélogor et moi rédigeons notre analyse pour la rendre à la première heure. Nous pouvons comprendre l'inquiétude des responsables.

L'aven dans lequel nous devons plonger n'a semble-t-il pas de profondeur. Il est situé au fond d'une grande grotte, un ancien lieu de culte, mais nous n'y avons toujours pas mis les pieds. Pour le moment, la fourmilière de la Fondation s'active. Les ingénieurs mettent en place les câbles, les pompes et l'éclairage, aidés des porteurs. Nous voyons qu'ils sont épuisés et qu'ils rencontrent des difficultés. Ils enchaînent les soucis.

Nos responsables craignent que nos scaphandres ne tiennent pas le coup. A dire vrai nous aussi.
Les techniciens ont descendu une gueuse en utilisant deux cents mètres de câble. Ils n'ont pas touché le fond.
Bélogor a déjà plongé à -85 mètres et moi à -122 mètres, chacun avec une peau de bouc douze boulons. Bélogor, m'avoue qu'il a mal à une jambe suite à sa plongée profonde. A cause de la mauvaise remontée, il traîne à vie une raideur douloureuse. Il ne souhaite pas que l'équipe soit au courant et n'en parle qu'à moi. A cent mètres, la pression est une épreuve, il fait sombre et il fait très froid. Même avec un éclairage, on ne voit rien à dix centimètres. Rien à part de la matière en suspension, de la vase qui tourbillonne comme de la neige devant le hublot.

Les chiffres sur le papier sont simples : tous les dix mètres de profondeur, la pression augmente d'un bar. Si l'on panique, c'est la fin. Inutile de vouloir remonter rapidement en cas de problème. Il n'y a que vous seul dans une obscurité infinie. Les remontées des plongées profondes sont un tourment. Vous claquez des dents, aux portes de l'hypothermie, en restant plus d'une heure à moins de trois mètres pour terminer votre dernier pallier de décompression.

White :
- Imagine que le gouffre fasse trois cents mètres de profondeur ?

Bélogor :
- C'est possible, personne n'en sait rien. Mais attends, ce qu'ils espèrent de nous, c'est voir cette histoire de coude. Ils veulent savoir.

White :
- Je n'arrive pas à imaginer une plongée à -300 mètres, je ne pense pas que nos scaphandres résisteront à la pression, ni nous…

Bélogor :
- Sans compter qu'à cette profondeur, on mettra une journée pour remonter les paliers à condition de ne rester que quelques secondes à -300 pas plus, si on n'implose pas. Personne n'a fait ça avant nous.

White :
- Et si la narcose ne nous rend pas fou… Je l'ai toujours sentie arriver vers les cinquante mètres.

Bélogor :
- Les techniciens devront modifier nos recycleurs d'air…

White :
- Oui, nous plongerons avec de l'hélium, nous aurons froid. Nous devrons être attentifs à brasser le narguilé et le recycleur à chaque temps imposé. L'hélium est la voie rapide vers l'hypothermie.

Bélogor :
- Qu'est-ce qu'il peut bien y avoir au fond ? Ces scientifiques ne lâchent jamais rien lorsque l'on en parle. Tu as vu qu'il y avait des experts en neurochimie ou biologie ?

White :
- Je crois que ce qui était marqué sur le plan était « neurogénéticien ».

Bélogor :
- Mais à quoi ça sert un neurogénéticien dans un chantier de fouilles archéologiques ?

White :
- Je ne sais même pas ce qu'est vraiment le métier d'un neurogénéticien, ce qu'il peut bien faire…

White :
- C'est vrai que ça fait beaucoup d'énergie et d'investissement pour cartographier un gouffre rempli d'eau. Encore une question sans réponse… Comment va ta côte ?

Bélogor :
- Je ne sens presque plus rien, c'est incroyable. Ilaqui sait faire des onguents miraculeux.

White :
- Justement. A bien y réfléchir, trouves-tu normal de guérir aussi vite ?

Bélogor :
- Je ne sais pas. Ce que je sais, c'est que je me sens bien ici… Comment te dire : comme si j'avais rajeuni.

White :
- Peut-être que nous devrions nous méfier de certaines étrangetés… Bon, revenons au boulot. Leur gueuse n'a pas trouvé le fond après deux cents mètres de câbles. Une fois que l'on dépasse les -100 mètres, nos peaux de bouc compressent de plus en plus nos organes, tu peux sentir ta cage thoracique rentrer dans les poumons. Tu crois que ça ira pour toi, rapport à ta blessure qui guérit miraculeusement ? Nous pouvons en parler, personne ne nous écoute.

Bélogor :
- Ça ira, ne t'inquiète pas. Bien, terminons toute cette foutue paperasserie, il faut que nos responsables aient nos directives et nos interrogations bien rédigées.

[…]

La nuit s'est installée sur le campement de la clairière. Bélogor et White fignolent leur rapport à la lumière des chandelles et des torches à la citronnelle. Ilaqui s'active près du foyer. Flotte dans l'air une délicieuse odeur de cuisine. Une musique triste se fait entendre depuis les bois proches de la clairière. White a envie de demander à Ilaqui l'origine de ce son, quitte à encaisser un nouveau silence ou évitement.

White :
- Ilaqui, quel est ce bruit étrange ?

Ilaqui est en train d'installer des feuilles de palmiers sur la table sacrée réservée aux repas. Il s'interrompt pour écouter.
- Viens avec moi et ne fais pas de bruit.
Ils se dirigent vers la jungle, le furtif et léger Ilaqui en tête et White derrière, s'évertuant à contrebalancer sa taille et son poids par de précautionneux appuis.
Après avoir parcouru une centaine de mètres, Ilaqui désigne quelque chose dans un arbre.
- C'est lui, c'est un colibri !

Les vibrations viennent bien de l'oiseau. Perché sur une branche, il frotte ses ailes. Il s'en dégage un son particulier.

White (chuchotant) :
- C'est un minuscule oiseau ! Il fait ce chant avec ses plumes ?

Ilaqui (chuchotant aussi) :
- C'est une longue histoire. Ça remonte à l'époque où tous les oiseaux étaient gris, parfois couleur de boue car Inti les avait oubliés quand il avait distribué les couleurs dans le monde. On dit que la flûte du colibri résonne avec une grande tristesse car le colibri ne fut pas très chanceux. C'était injuste et les oiseaux avaient beau se lamenter, Inti ne les entendait pas car il était très haut dans le ciel, hors d'atteinte. Alors les oiseaux tinrent une grande assemblée et décidèrent de se rendre en équipée jusque dans les cieux pour supplier Inti de réparer son oubli. Les puissants condor et aigle prirent sur leur dos une partie

de l'eau et de la nourriture pour le voyage et ouvrirent la voie à cette escadrille composée de toutes les espèces. Tous ? pas vraiment… Trois oiseaux restèrent sur terre.

L'alouette ne partit pas car elle n'aimait que chanter, peu lui importait sa couleur brune, seul le ramage était sa priorité.

L'oiseau hornero lui, ne pouvait pas laisser son nid à moitié fait. Il s'inquiéta tant qu'il ne décolla jamais.

Quant au troisième, c'était le minuscule colibri que ses petites ailes n'auraient jamais pu porter devant Inti.

Pendant ce temps les oiseaux, courageux et volontaires, avaient depuis longtemps dépassé les plus hauts sommets des montagnes. Plus ils se rapprochaient d'Inti et plus la chaleur s'intensifiait. Ils souffraient sous les rayons ardents d'Inti, en particulier les plus petits mais ceux-ci continuaient à tenir bon pour ne pas décevoir leurs congénères. Les oiseaux, en grande difficulté, poursuivaient leur ascension et les ailes du condor, les ailes de l'aigle commencèrent à prendre feu. Cette nuée qui faisait un énorme point noir dans l'azur finit par attirer l'attention d'Inti.

Devant ce drame qui se jouait, Inti appela le vent à son aide. Ils rassemblèrent tous les nuages de la terre au-dessus des oiseaux, les petits brouillards d'un blanc immaculé tout comme les gros nuages noirs. Ceux-ci crevèrent et déversèrent une eau salvatrice sur cette armada.

Puis, Inti brilla d'un grand amour à travers la pluie pour que naisse un arc-en-ciel.

Alors, chaque oiseau, selon son envie, choisit ses couleurs en traversant l'arc-en-ciel.

Le cardinal vola dans la couleur rouge et s'y englua presque tant il en abusa. Le toucan, inquiet, ne trempa que son bec alors que les perroquets se roulèrent heureux dans toutes les couleurs possibles.

Les oiseaux ivres de bonheur chantèrent leur reconnaissance envers Inti, les cieux en vibraient et Inti en fut ému. Le vent fit redescendre les oiseaux vers la terre.

Désormais chaque matin, tous les oiseaux chantent pour célébrer le lever d'Inti.

White :
- Mais pourtant je croyais que les colibris étaient pleins de couleurs, alors que s'est-il passé ?

Ilaqui regarde au loin dans la jungle, l'air soucieux. Le colibri s'était tu.

Ilaqui
- Quién sabe ? Il faut retourner à la lumière, partons d'ici.

Ils reviennent au campement. Bélogor paraphe un dernier feuillet du rapport puis ils se mettent à table.
Le repas est succulent. Ce soir l'invité est Myoto, un vermisseau déguisé qui en fait se révèle être un redoutable serpent. Ilaqui nous captive avec une étrange histoire et, à la fin du repas, il éteint torches et chandelles, et réduit le feu pour qu'il rougeoie à peine. Une fois tout ceci accompli, il invite les deux plongeurs à lever la tête vers le ciel et à contempler la Voie lactée. La vision les émerveille.
Alors qu'ils se dirigent vers leur tente, White interpelle Bélogor :
- Tu sais, à bien y réfléchir, aucune pompe ne peut envoyer de l'air à trois cents mètres de profondeur, ça n'existe pas.

Bélogor :
- Si jamais ça arrive, tu penses que l'on plongera en surcharge de bouteilles branchées sur le recycleur ?

White :
- Nous devrons alors être les deux sous l'eau. Il faudra que je t'apporte de nouvelles réserves à mi-course pour que tu tiennes tous les paliers et il faudra faire des grappes de bouteilles qui attendent à différents niveaux. En plus, tout au fond ta consommation sera amplifiée car tu seras en effort constant. Qui veillera sur nous depuis la plateforme de surface ?

Bélogor :
- Il n'y a personne sur qui compter, leur formation est limitée, que faire ? Nous ajoutons ce sujet dans notre rapport ?

White :
- Attendons de voir la plateforme de plongée et les machines et ensuite on avise.

Bélogor :
- OK mon ami, à demain et bonne nuit.

La nuit est profonde, White ne dort plus. Il sort de sa tente pour aller jusqu'à la lisière qui sépare la clairière de la jungle. Debout, immobile dans un vent fétide et chaud, White ressent la pulsation sourde qui stagne quelque part en face de lui, dans l'enchevêtrement des lianes plongées dans l'obscurité de la forêt tropicale. Pour la première fois de sa vie, une indescriptible peur cauchemardesque lui ravage l'esprit. Il se tient raide, haletant.

Rongé par une colère spectrale, il se noie en lui-même.

[...]

White ouvre les yeux avec difficulté. Inti se lève à peine et les oiseaux commencent timidement à chanter sa gloire durant son élévation. Il est trempé par la rosée et grelotte si fort que ses os lui font mal.

Il s'aperçoit qu'il est couvert de petits fils argentés, ces fils que des araignées tissent au gré des vents et qui, alourdis par les gouttelettes de la nuit, se déposent au sol. Assis à côté de lui, Ilaqui psalmodie des phrases en faisant des signes vers la jungle puis lui passe sa main sur le front en continuant sa litanie. Il fait cela pendant un moment.

Petit à petit, White sent un soleil prendre forme à l'intérieur de lui. Une petite tête d'épingle au début puis un intense rayonnement bienfaisant qui le ranime.

Livide, il regarde le shaman mais ce dernier ne parle plus, se contentant de le fixer.

White :
- Je veux des réponses… Je dois savoir Ilaqui.

Ilaqui :
- Ce que tu as vu, c'est le Mal. Il faut toujours rester dans la forme de la lune. Lève-toi maintenant !

[…]

Les préparatifs.
Tout le matériel et les accessoires ont été transportés par des porteurs recrutés dans les villages voisins.

Depuis trois jours, White et Bélogor sont incorporés dans l'équipe de plongée. Ils peuvent maintenant mettre des noms sur les visages. Alors qu'ils passent devant une petite sphère d'acier installée devant la grotte — un caisson hyperbare d'expérimentation conçu pour sauver un plongeur victime d'un accident de décompression — White confie à Bélogor que cette sphère est trop petite pour qu'il puisse y entrer. Ce que Bélogor, affligé, ne peut que confirmer. Même pour lui, elle est trop petite. Au moins, elle a le mérite d'exister, mais elle reste un objet un peu illusoire pour eux.

Ils remarquent que le passage des câbles depuis l'extérieur a fait quelques dégâts sans inquiéter vraiment, semble-t-il, les responsables du site de fouilles, à commencer par les archéologues.

Depuis le début, Ilaqui est très irrité par les saccages commis dans la grotte. Il fulmine contre l'irrespect et la désinvolture des blancs. Cette intrusion n'apportera que le Mal.

Les préparatifs vont bon train. Des ingénieurs de la Fondation forment les équipes de ventilation à l'utilisation des pompes à air.

Les deux plongeurs n'ont jamais vu une telle technologie avec ces pompes qui, d'ailleurs, ont été réassemblées dans la grotte où se trouve l'aven. Les efforts physiques des manutentionnaires pour y transporter tous les morceaux depuis l'extérieur ont été colossaux.

Ces pompes fonctionnent avec des piles à combustible qui émettent des radiations, et les huit servants qui composent les équipes de ventilations doivent porter des tabliers en plomb. Les ingénieurs certifient que les pompes peuvent alimenter les scaphandres de plongée bien au-delà des -300 mètres. En conséquence, pas besoin des grappes de bouteilles en relais.

Les narguilés des bonnets des scaphandres sont modifiés pour recevoir un tuyau d'air spécialement adapté aux pompes : dix centimètres de ce tuyau pèsent quatre cent vingt-cinq grammes car ils sont tressés d'acier afin de ne pas éclater. Plus de quarante-deux kilos pour un mètre de câble. Trois cents mètres de ce câble spécial sont transportés et ré-enroulés sur des bobines motorisées.

White et Bélogor contemplent, stupéfaits, douze tonnes de tuyaux d'air enroulés comme des serpents et dont le métal luisant d'humidité accroche la lumière des éclairages.

Les grutiers sont également formés au modèle particulier de leur engin de levage, un modèle quatre pieds comportant un axe capable de déplacer latéralement un scaphandrier vers les parois ou de le repositionner au centre de l'aven. Avec l'impératif de supporter une charge hors norme pour ce genre de mission.

Une ligne téléphonique à commutateur est en cours d'installation. Équipée d'un bouton à commutation, les échanges entre le plongeur et la base se feront de manière alternative car il n'est pas possible à deux interlocuteurs de parler en même temps. Les ingénieurs modifient aussi les casques en y ajoutant des écouteurs et un micro, et munissent le bonnet d'un spot.

Pour alimenter le spot en énergie et avoir la liaison téléphonique, la ligne de vie est constituée d'un gros câble en acier dans lequel circule le courant électrique pour le spot, incluant le câble du téléphone : trois cents mètres de câble de ligne de vie, trois cents mètres de câble téléphonique, trois cents mètres de câblage électrique plus le tuyau d'arrivée d'air.

Bélogor ne sourit plus en contemplant les deux grosses bobines motorisées qui dévideront le câble de la ligne de vie.

White ne peut s'empêcher de penser : *tout ça pour une cartographie…*

Les pompes brasseront un mélange d'air et d'hélium que les assistants devront régler à chaque mètre de plongée. Sur la plateforme de plongée sont installés le tableau d'assistance de calcul, qui fournit les calculs pré-établis, et le tableau avec les paliers pour la phase de remontée. Bélogor et White les étudient consciencieusement.

[…]

La veille de la plongée.
Bélogor et White passent la veille de la plongée sous les auvents du campement principal en compagnie des hydrologues, des topographes et des spéléologues. Les archéologues plombent souvent la simulation avec leurs vérifications exigeantes pour contrôler toutes leurs hypothèses appliquées à certains paliers. Cette journée s'avère difficile pour les deux plongeurs car les termes à mémoriser sont très nombreux et hyperspécialisés.

Les hydrologues se méfient des exsurgences d'eau salée pouvant perturber la plongée dans l'eau douce et aussi de courants puissants imprévus. Chaque spécialiste a dessiné sur plan une coupe en profil de l'aven. Chaque plan est différent car chaque dessin provient d'un modèle basé sur des connaissances factuelles avec du prédictif.

Les géologues répètent à l'envi que des éboulements sont susceptibles de se produire du fait de la karsticité du lieu. Les mouvements des fluides peuvent déclencher des éboulis d'amas rocheux instables sur les parois.

Les hydrologues montrent sur un des plans que l'aven ne peut aller au-delà de deux cents mètres de profondeur, l'eau en ayant tourmenté la formation avec les siècles par son flux incessant de montées et de retraits. D'ailleurs, ils pensent sérieusement que le fond est constitué en grande partie de débris divers pourris, entassés depuis des milliers d'années, peut être sur des dizaines de mètres dans lesquels la gueuse s'est enfoncée sans rencontrer de résistance. Ce qui ferait faussement croire qu'il n'y a pas de fond.

Au bout du compte, ils suspectent qu'un coude existe et que ce coude débouche quelque part. Les archéologues indiquent, eux, qu'à telle et telle profondeur les hommes ont dû occuper des cavités de l'aven lors des époques sèches, aux moments des replis des eaux dans le gouffre. Il faudra observer les stalactites et stalagmites immergées et beaucoup d'autres choses. Au final, les plongeurs descendront à chaque fois avec des ardoises à remplir, ils dessineront et noteront comme ils pourront ce qu'ils voient d'important. Heureusement que les plongeurs pourront communiquer avec les experts afin qu'ils transcrivent ces observations. A la fin de cette réunion contraignante, arrive le médecin du campement qui ne laisse personne quitter les auvents sans leur avoir fait une injection dans le bras. Son discours imagé et alarmiste convainc les récalcitrants. Lui vivant, personne n'attrapera l'histoplasmose.

White dit à Bélogor qu'il vaut mieux ne rien dire à Illaqui de l'injection de ce nouveau médicament. Il serait blessé de voir qu'on ne l'écoute pas.

Le soir venu, au campement de la clairière, Bélogor interroge White :
- S'il m'arrive quelque chose demain, pourras-tu faire quelque chose pour mon fils ?

White :
- Je suis surpris par ton inquiétude, toi qui es toujours positif. Qu'est ce qui te tracasse ?

Bélogor :
- Nous savons que cette plongée n'est pas ordinaire, tu les a vu ces gens et tu as vu les machines… Les risques sont énormes… Tu as déjà plongé dans une rivière d'eau douce ?

White :
- Non jamais. J'ai plongé dans les océans, souvent en eau profonde comme tu le sais… mais jamais aussi bas.

Bélogor :
- Moi pareillement, qu'en mer. Qu'est-ce qu'il peut bien y avoir au fond de ce trou pour une telle débauche de moyens ?

White :
- J'ai entendu certains archéologues parler sous les auvents. Quelques-uns pensent que les indiens ont autrefois jeté de l'or dans cet aven en offrande aux dieux.

Bélogor :
- Je n'arrive même pas à calculer le coût de cette expédition. Tous ces experts, tous ces porteurs, tout ce matériel scientifique sans compter ce qui nous a été alloué : des pompes nucléaires tu imagines, des pompes avec une pile ! Tout ça pour aller chercher des trucs en or au fond d'un trou ?

White :
- Justement, il ne t'arrivera rien. Je serai sur la plateforme de plongée, je veillerai. Mais pour demain, accepte de plonger avec ceci.
Il lui met dans la main un petit ange de plâtre :
- Ce sont des choses dont on parle peu. Prends ce talisman, oui nous sommes chrétiens mais moi je suis dans la nuit de la foi. Garde-le, je le mettrai dans ton casque demain avant de le boulonner.

Bélogor :

- Mon ami, j'accepte. Ce sera notre ange à tous les deux… Tu te souviens quand je te parlais de mes débuts chez les pieds lourds et que les vieux mettaient une mouche dans le casque juste avant la plongée ?

White :

- J'imagine, ça devait être une drôle épreuve d'avoir une mouche pendant des heures en plongée. Heureusement, je n'ai jamais connu ça. Une coutume de ton pays ?

Bélogor :

- Tu m'étonnes, je croyais que tout le monde le faisait. Mais dis, sincèrement, s'il m'arrive malheur demain, tu seras là pour ma femme et mon fils ?

White :

- Si jamais ça arrive, je m'occuperai d'eux, je prendrai soin de Rzasbol… Pour demain, un conseil, lorsque tu entreras la peau de bouc dans tes chaussures, retire les lacets. A cause de la pression qui va les contracter. Sinon, ça va te serrer et tu auras très mal. C'est un truc de pied lourd. T'en fais pas, les chaussures tiendront tant que tu n'auras pas à marcher ou à faire des efforts. Fais ça demain.

Bélogor :
- D'accord, tu sais que l'on paye le prix à la sortie.

White :
- Oui c'est ce qu'on dit chez nous, ça se passera bien.

Ilaqui est soucieux. Il constate que de plus en plus de papillons bleus volent au fur et à mesure que la soirée avance. La nuit est proche : ces papillons ne volent jamais à cette heure-ci sauf ceux qui volent de nuit.

[…]

La plongée.

Tout le monde s'est levé tôt. En quittant le cantonnement de la clairière, White se retourne et jette un regard vers la stèle dédiée à Itzamna. C'est Ilaqui qui ouvre la marche vers le campement principal. Bélogor le suit enroulé dans sa couverture bleue qui lui sert de poncho. Dans quelques heures, il sera immergé dans les profondeurs de l'aven et White, en regardant son ami marcher devant lui, en éprouve une écrasante responsabilité.

White : *tout se passera bien.*
Au même moment, Bélogor se retourne et lui sourit. Sortant une main de sa couverture, il lui montre l'ange de plâtre. Le campement principal est en effervescence, la plongée est imminente.

Seules les équipes concernées se regroupent dans la caverne de l'aven. En silence, Bélogor est équipé de son scaphandre modifié et consolidé selon leurs directives.
Prévoyant, il a enfilé deux tricots sous un gros pull en laine pour supporter l'hypothermie plus son plus gros bonnet d'hiver.

White chausse son ami et fixe les semelles de plomb. Il ne met qu'un cordon de lacet sur la boucle du haut afin que les chaussures tiennent, ceci afin d'éviter la compression douloureuse du laçage complet. Il lui fixe également la hache et le couteau de plongée à son baudrier. Bélogor acquiesce. Son ami lui montre ostensiblement l'ange de plâtre qu'il insère dans le côté gauche du casque. Echange de regards intenses :
- Mais attends, ce n'est pas tout ! Ilaqui m'a donné un cadeau pour toi, regarde, c'est une des plumes de sa coiffe, c'est un honneur. Il semble beaucoup t'apprécier. White accroche la plume sur le dessus du casque. Il capte les yeux humides de son binôme, ému par ce don.

White (prenant sur lui) :
- On se reparle dans quelques minutes avec le téléphone, tout va bien ?

Bélogor
- Oui mon ami, je suis prêt. Vas-y, boulonne le casque.

Les techniciens raccordent le tuyau d'alimentation en oxygène modifié au scaphandre de Bélogor et lui fixent la ligne de vie. Puis ils connectent les câbles d'alimentation électrique du spot et de la ligne téléphonique.

Bélogor s'assied sur la plateforme de plongée, les pieds dans l'eau de l'aven, et attend que les techniciens passent les câblages et la ligne de vie sur les poulies de la grue.
White appuie sur le bouton du commutateur de la ligne téléphonique.
Un grésillement émane de la membrane du haut-parleur.

White :
- Tu me reçois ? Il commute le bouton pour entendre la réponse de son ami. C'est ainsi qu'ils communiqueront pendant la manœuvre.

Bélogor :
- Oui, je te reçois 5 sur 5, le son est excellent.

Au son de la voix, White sent que l'inquiétude de son ami s'atténue.

White :
- Les techniciens vont allumer et éteindre ton spot pour vérification, ne sois pas surpris… attention…

Le spot s'allume quelques secondes puis s'éteint.

White :
- Ils disent qu'ils ne peuvent pas le laisser allumé longtemps hors de l'eau. Il sera en service lorsque tu seras immergé.

Bélogor fait le signe du pouce en l'air avec ses gros gants.

White :
- Attention, les grutiers vont te soulever et te placer au centre de l'aven pour la descente.

Bélogor fait à nouveau le signe du pouce levé. Les grutiers procèdent au levage du scaphandrier. Ses pieds émergent de l'eau et il se retrouve suspendu au-dessus du gouffre liquide.

White :
- Les techniciens vérifient que tous les moteurs des bobines des câbles sont synchronisés pour le déroulement. Ça va prendre un peu de temps.

Bélogor :
- J'attends. Dis-leur que je suis impatient de découvrir ce qu'il y a au fond !

White (en riant) :
- Ils t'entendent parfaitement, le gros haut-parleur de la plateforme fonctionne vraiment bien.

Après une liste de vérifications rigoureuses, les techniciens donnent le feu vert pour amorcer la descente. Tout est en place : White au micro sur la plateforme, derrière lui quatre techniciens qui surveillent le brassage du mélange d'air, les grutiers prêts, les servants des câbles et des pompes aussi.

White :
- J'ai l'accord des techniciens, nous commençons la descente.

Les moteurs de la grue, synchronisés avec les moteurs de déroulement des câbles, se mettent en action. Bélogor descend lentement. Il est immergé jusqu'à une profondeur de dix mètres.

White :
- Tu m'entends ? C'est l'essai des -10 mètres, tu y restes cinq minutes.
Dis-nous si tu ressens la moindre entrée d'eau.

Bélogor :
- Pour le moment RAS. Tout va bien. Il commence à faire noir ici.

En dehors des éclairages accrochés au mur de la grotte, l'aven reste
enténébré. Les ampoules n'ont pas assez de puissance pour éclairer les
eaux au-delà des tout premiers mètres.

White :
- Les techniciens vont allumer ton spot ! Tu as des voies d'eau à
signaler ? Entends-tu des bruits ? Concentre-toi sur les perceptions de
ton corps.

Bélogor :
- RAS pour l'eau mais j'entends des craquements. Il… il y a comme un
bruit au fond.

Les techniciens allument depuis un pupitre de commande le spot fixé
sur le casque du scaphandre.

Bélogor :
- White, regarde c'est magnifique maintenant. Je n'ai jamais plongé
dans une eau aussi transparente, on dirait que je flotte dans les airs.

White :
- Je te vois très bien depuis la plateforme, c'est vrai, c'est superbe, ce
bleu est magnifique. Il est comme ta vieille couverture tu sais ? D'en
haut, je ne vois que ta plume, sa couleur tranche dans ce bleu… Nous
arrivons au terme du palier de test. La descente va reprendre. Fais un
contrôle s'il te plaît.

Bélogor
- Toujours OK, RAS. Continuez la planification.

Il descend jusqu'à -30 mètres sans problème. Il commente tout ce qu'il voit et les ingénieurs, archéologues et hydrologues transcrivent tout ce qu'il relate. Il signale qu'il y a bien « des machins karstiques » en équilibre sur des petites corniches ici et là, comme indiqué en réunion. A trente-trois mètres de profondeur, il précise qu'il voit deux escaliers taillés dans la muraille de l'aven.

Bélogor :
- Il y a un escalier à gauche qui monte mais c'est obturé, c'est de la roche. Et à droite, un autre escalier qui descend mais vers rien, c'est le vide.

Nouvel arrêt à -35 mètres.

Bélogor :
- Je vois une grotte sur ma droite, on dirait un gros conduit !

Le treuil de la grue freine progressivement puis immobilise le plongeur. Concertation des ingénieurs :
- White, nous devons vérifier si ce n'est pas l'amorce du coude. Indiquez au plongeur que la grue va le déplacer contre la paroi.

White :
- Tu m'entends ? Ecoute bien ! Ils vont manipuler la grue pour te rapprocher de la grotte, fais ce que tu peux pour nous renseigner.

Bélogor :
- Reçu 5 sur 5, j'attends la fin de la manœuvre.

La grue déplace son axe vers la droite et positionne le scaphandrier contre la roche.

Bélogor :
- C'est comme un gros trou dans la paroi, ça forme un conduit. Il y a des stalactites. Je peux avancer dedans… White ? Je peux progresser, le conduit est grand.

Les ingénieurs qui dessinent en coupe l'aven au fur et à mesure de la descente se demandent si les câbles suivent. Les techniciens répondent que oui, que les moteurs peuvent ré-enrouler ou dérouler tout le matériel vital. Ils donnent l'accord pour continuer mais en redoublant de précaution.

White :
- Les grosses têtes sont d'accord, tu es autorisé à explorer le conduit. Attention aux courants qui peuvent t'aspirer.

Bélogor :
- Je progresse. C'est un conduit qui montre des traces humaines. Je vois des sortes de marches taillées dans la roche, pas beaucoup juste pour faciliter… je ne sais pas. Ça se rétrécit… Je crois que je débouche dans une grotte… oui c'est une grotte, j'ai le casque qui sort de l'eau… Je ne peux pas aller plus loin il faudrait un scaphandre autonome… Hé ! Je vois des squelettes au fond… et des dessins sur la roche. Il y a des corps ici, vous m'entendez ?

Le médecin a entendu les échanges depuis le début. Il interpelle White :
- Bélogor a une voix bizarre et il semble respirer vite non ?

White :
- C'est l'effet de l'hélium. A chaque bar supplémentaire, la voix de Bélogor ressemblera de plus en plus à celle d'un canard. C'est aussi l'excitation de la découverte. C'est un plongeur expert, il faut lui faire confiance.

Le médecin :
- Bien noté.

Et il repart sur la plateforme.

White (à Bélogor) :
- Ce que tu vois est fabuleux, tu vas entrer dans l'histoire mais attention, nous avons des priorités, gaffe aux chimères, tu m'entends ? Tout va bien ?

Bélogor :
- Reçu 5 sur 5 mon ami, je vais me modérer mais avoue que c'est incroyable de vivre ça.

Reprise de la descente, Bélogor ne pouvant de toute façon pas mieux voir les pétroglyphes.

Les techniciens le font revenir vers le milieu du gouffre en utilisant la technique maîtrisée de l'enroulement des câbles. La cohésion avec Bélogor est remarquable. White se sent de plus en plus rassuré.

A -45 mètres, Bélogor indique qu'il y a un squelette sur une petite corniche, un de ses bras pend dans le vide comme s'il pointait le noir du gouffre. Les ingénieurs le positionnent aussitôt sur leur plan. Ils contiennent leur excitation trahis par des petits sautillements. En très peu de temps, les découvertes tombent comme tombent les records.

A -55 mètres White recommande à Bélogor d'être attentif à la narcose. A partir de ce point, tout mètre gagné peut se payer très cher. En temps normal, les plongeurs vont par deux, chacun pouvant surveiller l'autre. Par exemple, consulter répétitivement et de manière obsessionnelle son manomètre dénote un début de narcose.

Bélogor :
- Pas d'inquiétude mon ami, je vais bien. Je surveille tout changement chez moi. En route vers les grandes profondeurs.

A -68 mètres, Bélogor signale qu'un autre squelette se trouve sur une corniche, adossé à la paroi, un peu affaissé sur lui-même. Mais les ingénieurs préfèrent laisser le plongeur au centre de l'aven et ne pas le déplacer vers la découverte macabre. A ces profondeurs, mieux vaut éviter un glissement des sédiments.

La voix de Bélogor continue à se modifier sous l'accroissement de la pression sur ses poumons et de l'hélium sur ses cordes vocales. Le médecin reste concentré sur chaque parole que prononce le plongeur.

White accroît son attention sur la petite corde, nommée ligne de sécurité par les pieds lourds, à l'affût de la moindre traction.

-85 mètres.
White est de bonne humeur et heureux pour son ami : il lui annonce dans le téléphone qu'il est en passe de battre son record. Bélogor ne se souvient plus si c'était -85 mètres mais il fait confiance à White pour valider son étape. Celui-ci s'interroge sur le fait que son ami n'a plus le souvenir précis de son record. Toujours attentif, il fait rouler doucement la ligne de vie entre ses doigts.

-90 mètres.
Record battu ! Et devant témoins. A ce stade se pose la question du déroulement de la mission. Compte tenu de la technologie des pompes et de son expérience supérieure, White devait assurer la seconde partie de la plongée.

Les équipes indiquent que tout se déroule à la perfection. Question : faut-il stopper la reconnaissance de Bélogor et le remonter ?

Lui ne l'entend pas de cette oreille :
- Tout va bien, autant gagner du temps et continuer. Il reste 110 mètres pour rejoindre le point atteint par la gueuse.

Il se sent bien, son moral est excellent note le médecin. Et par ailleurs, soulignent les aides, pas d'infiltration dans le scaphandre d'après le plongeur. La poursuite de l'exploration est validée.
De son côté, White surveille les bulles qui crèvent à la surface, et leur régularité.

-125 mètres.
White félicite chaudement son ami pour avoir battu son propre record de -122 mètres.

Bélogor en est fier et White, sans jalousie aucune, se réjouit avec son ami de cette performance.

-142 mètres.
Bélogor informe qu'il passe devant une nouvelle corniche sur laquelle est allongé un squelette concrétionné. Il y a aussi des objets épars.
Mais sa voix a un débit plus lent, quelques silences entrecoupant chaque mot.
D'après lui, l'eau à cette profondeur devient trouble, des particules brouillent le faisceau de lumière du spot.

-146 mètres.
Bélogor avertit qu'il arrive vers ce qui lui semble être le sol. Les scientifiques portent ce repère sur le plan qui prend de plus en plus forme. White lui dit que, selon eux, il va entrer dans des sédiments, peut-être une cinquantaine de mètres à traverser dans lesquels il ne verra plus rien.
Effectivement, Bélogor se trouve maintenant plongé dans un bouillonnement opaque de particules en suspension. Il ne distingue plus qu'un mur mouvant éclairé par le spot, semblable à ce qu'il connaît des fonds marins tourmentés par la vase et par des myriades de grains de sable fin. Il ne peut plus lire ni son manomètre, ni le profondimètre.
En haut, l'équipe vérifie et calcule sans désemparer.

-194 mètres
Bélogor annonce qu'il voit à nouveau. Il vient de franchir un "bouchon" de débris en suspension. L'eau est redevenue translucide. Il signale que la température a chuté à -4 degrés, ce qui fait bondir les scientifiques qui affichent des mines consternées. Et le nasillement de sa voix ajoute à leur inquiétude.

-196 mètres
Bélogor, anxieux, rapporte qu'il sent une fuite d'eau, que sous lui il voit un gouffre abyssal, qu'il n'y a pas de fond, qu'il faut tout stopper !
Tractions convulsives sur la corde, voix angoissée :
- Il y a un bruit en bas. Remonte-moi !

Courte interruption, un cri d'épouvante :
- White ! Il y a quelque chose !

White :
- Remontez-le ! Vite et contrôlez les paliers !

Une pulsation sourde envahit le scaphandre. Bélogor panique, compressé par les masses d'eaux. Greffé au téléphone, White ne cesse pas de lui parler, de son fils, de moments joyeux, de toutes ces choses magnifiques qui peuvent l'apaiser, faire baisser le stress. Bélogor claque des dents, ravagé par le froid.

-191 mètres
Bélogor hurle. Son hurlement pétrifie l'équipe au complet. White, en sueur et au paroxysme de l'angoisse, agrippe toujours la corde qui se tend violemment au point qu'elle lui tranche la chair des doigts jusqu'aux os.
Arc-bouté, il résiste. La corde rompt, il vacille, il ne tient plus qu'un lien inerte.
Dans un vacarme terrifiant, la grue se plie et s'affaisse. Les moteurs de déroulement des câbles d'oxygène et d'alimentation électrique montent en surchauffe, projetant des étincelles puis cèdent en libérant des flammes issues des étriers de freinage. Dans un bruit strident, les câbles filent à une vitesse phénoménale vers le gouffre. Les poulies de la grue se disloquent en catapultant des morceaux tous azimuts. En une poignée de secondes, les bobines sont vidées et englouties, entraînant les moteurs calcinés et les pompes à oxygène radioactives, fracassant au passage la grue affaissée et détruisant la plateforme. Tout disparaît dans le gouffre dans une immense gerbe d'eau qui fait disjoncter l'appareillage électrique restant.
Il règne un silence post-apocalyptique dans cette caverne retournée aux ténèbres. Quelques pleurs et gémissements troublent ce silence.

Quelques minutes après surgissent les autres membres de la Fondation, alertés et paniqués par les explosions et l'épaisse fumée qui

sort de l'entrée. La confusion est à son comble. Ils récupèrent les personnes traumatisées et désorientées et les évacuent.
White, prostré, serre toujours le morceau de corde dans ses mains sanguinolentes.

[…]

La Fondation maintient une cellule de crise permanente. Auditionnés séparément, les personnels affectés à la plongée ont tenu un discours similaire.
White, assis sous les auvents du camp principal, songe qu'il n'est pas retourné au campement de la clairière depuis le début de sa convalescence. Le médecin a fait montre d'un talent insoupçonné dans des circonstances auxquelles il n'avait jamais été confronté. Pour le moment, une gaze légère enveloppe les nombreux points de suture. Le médecin lui a assuré qu'il retrouverait pleinement l'usage de ses mains.

Tout le monde ne parle plus que de ce qu'il pourrait y avoir au fond de l'aven.
La plupart des porteurs, épouvantés, étaient retournés dans leur village. Ilaqui lui aussi avait disparu. Capotzo, aidé de comparses, avait volé une grande partie du matériel ainsi que des vivres et s'était évanoui dans la jungle.
L'équipe de plongée, celle-là même qui avait vécu le drame, se remet peu à peu du choc. Bogdan, un des grutiers, et Enrique, de l'équipe de ventilation, ont reçu un éclat de poulie lors de sa rupture. Mais, après deux jours de soins, ils sont sortis de l'infirmerie du camp.
Seul Bélogor manque à l'appel et White reste terrassé par une profonde et intime culpabilité : il était le directeur de plongée et le plongeur de secours lors de cet épouvantable accident.

A l'heure du déjeuner, la rumeur de l'arrivée du directeur de la Fondation se répand dans le campement.

[…]

Vers 19 h 00, Chiajna vient trouver White assis devant un des feux du campement, le regard vide.

Chiajna :
- Je vous informe que lord Mostra, directeur de la Fondation, est arrivé.
Il souhaite avoir un entretien avec vous maintenant.

White :
- Oui bien sûr Chiajna, où est-il ?
Comment expliquer ce qui s'est passé c'est impossible…

Chiajna :
- Il vous attend au campement de la clairière.

White :
- Mais…pourquoi là-bas ?

Chiajna :
- Je n'en sais rien White, le directeur estime sûrement que l'endroit lui convient mieux.

White se dirige vers la clairière, la longue nuit libérée a envahi la jungle. Il allume une torche pour éclairer le sentier, ce même sentier sur lequel, voici quelques jours, son ami et lui marchaient aussi.
Il revoit bien Bélogor, enroulé dans sa couverture, lui montrant l'ange de plâtre. Bélogor sourit en s'éloignant, son image vacille, disparaît.
Il fait une pause, des hoquets de tristesse secouent sa gorge. Il essuie ses larmes et se remet en marche. Lorsqu'il débouche dans la clairière, une vision féerique le frappe. Des milliers et des milliers de petits papillons bleutés, phosphorescents, voltigent dans le périmètre, dessinant presque un dôme au-dessus de la clairière. Il en reste ébahi. Ebloui, il les regarde. *Ils illuminent la clairière, c'est stupéfiant.*

Les ailes des papillons émettent une lumière très douce, suffisante pour se déplacer. Craignant de brûler les créatures avec sa torche, il l'éteint et la pose au sol. Non loin de la souche du Ceiba, qui avait servi de table autrefois, un homme dans un fauteuil roulant attend. Face à lui, un banc en bois a été installé.

White contourne sa tente et celle de Bélogor – *elles ont été pillées et saccagées* – et se dirige vers l'homme.
Il fait beaucoup plus frais dans la clairière et White se sent moins poisseux. Le petit homme handicapé, corps tordu et grosse tête dans un fauteuil roulant médicalisé, lui désigne le banc d'un geste mesuré :
- Monsieur White ! Bonsoir, prenez place.

Le plongeur s'assied bien en face de l'infirme. La rigole qu'il a creusée avec Bélogor sépare le fauteuil du banc. Le chuintement de l'eau, le calme de la jungle, le silence des singes, la phanie des battements d'ailes des papillons offrent un moment de répit.
L'homme est âgé et paraît diminué. Sa respiration fragmentée produit une sorte de gargouillis. Son fauteuil est bardé d'appareils médicaux. Il observe White d'un regard vif qui dément son état général.

White :
- Bonsoir monsieur le directeur.

Lord Mostra :
- Sachez que je suis honoré de pouvoir enfin vous rencontrer car vos mérites me sont connus.

Un spasme le secoue, déclenchant un surplus de bruit au niveau d'un des appareils médicaux. Il poursuit :
- Je vous remercie d'avoir accédé à ma requête. Nous avons beaucoup à partager. Si je suis là, c'est pour parler de vous et de votre ami.

White :
- Ce qui s'est passé est entièrement de ma faute, c'est effroyable…

Lord Mostra l'interrompt :
- Le seul responsable ici, c'est moi… apaisez-vous, que notre échange soit serein. Beaucoup de personnes vous respectent bien plus que vous ne l'imaginez. Si ce n'est pas trop douloureux, est-ce que vous pouvez me parler de votre ami.

White est terriblement las, bien plus que lorsqu'il avait débarqué ici quelques mois plus tôt. Une lassitude morale taraudante qui le martyrise :
- Je ne connaissais pas Bélogor avant la Fondation. Nous nous sommes connus ici… (regard fixe)… c'est quelqu'un de formidable, courageux et toujours de bonne humeur, nous nous comprenons bien… (yeux humides)… Sa tente est toujours là.

Il se tait.

Lord Mostra :
- Vous parlez de lui au présent et pourtant il a disparu.

White :
- Je n'arrive pas à l'accepter… (voix nouée)… Je le vois là, présent à nos côtés. C'est le seul ami que j'ai… que j'avais… (voix blanche)… un ami passionné par notre métier, un vrai pied lourd. Lui, il m'aurait protégé, lui, il aurait su quoi faire.

Lord Mostra :
- Ne culpabilisez pas, votre ami n'aurait pas su quoi faire… ceci dit sans le dévaloriser.

White se tait. Affliction, accablement, désespoir se bousculent dans son esprit. Il est seul désormais. Le directeur désigne la stèle d'Itzamna :
- Je vois une stèle là-bas, vous êtes croyant ?

White :
- Je ne suis plus croyant. C'est l'autel votif dédié au dieu Itzamna. C'est Ilaqui, l'indien qui s'occupait de nous, qui l'a érigé. Les Dieux n'aident personne ici.

Lord Mostra :
- Alors, sans aide ni espoir, le soleil s'est couché sur votre colère ?

White est déconcerté. Par quel pernicieux hasard cette phrase de la Bible est prononcée ici pour la seconde fois ?

Lord Mostra :
- La colère est comme la pression des grands fonds, elle vous oblitère. Les ténèbres se nourrissent de la peur, car la peur abaisse le bras qui tient le bouclier de la foi. Voyez en moi une personne qui, à l'égal de vous, a traversé la nuit de la foi. Je suis là pour vous et pour vous écouter.

White :
- Bélogor avait la foi, j'en suis convaincu, mais son bouclier ne l'a pas sauvé. Je comprends ce que vous dites, ou tentez de faire, mais nous ne sommes pas dans une église ici… sans vous froisser.

Lord Mostra :
- Vous pensez que mes paroles sont mièvres et enrobées d'une bienveillance qui vous semble artificielle ?

White :
- Non. Ce n'est… Pardonnez mon mouvement d'humeur, je n'ai pas voulu être blessant, j'ai… j'ai du mal à trouver mes mots.

Lord Mostra :
- Que croyez-vous qu'il y ait au fond de ce gouffre ? Des ténèbres qui se nourrissent de la peur ?

White :
- Il y a quelque chose en tout cas. Bélogor l'a dit. Dès le début il l'a dit. Et ici aussi d'ailleurs.

Il sonde du regard la jungle puis se tait à nouveau.
Lord Mostra assisté de ses appareillages pour respirer, écoute le plongeur. Le petit ruisseau séparant les deux hommes coule en une sonorité apaisante.

White :

- Oui ! Il y a quelque chose. Pour tirer dans l'abîme et arracher autant d'acier en quelques instants… oui, il y a quelque chose de terrifiant au fond de ce gouffre. J'étais là, j'ai vu une grue se plier comme du papier.

Lord Mostra :

- J'apprécie ce temps que vous m'accordez en ces moments difficiles White. Je vous ai apporté quelque chose, c'est dans la boîte sur le banc. White cherche l'objet du regard et découvre, posée là à ses côtés, une petite boîte en bois, ordinaire comme le sont les petites boîtes de cigares bon marché.

Mais qu'est-ce que… je deviens fou ! il n'y avait pas de boîte quand je me suis assis.

Il l'ouvre et y trouve des médicaments. Perplexe, il déplie une autre ordonnance signée du docteur Bernhard Dietmar datée d'à peine quelques jours. Et il y a autre chose avec les médicaments, un petit ange de plâtre peint en bleu.
Il est sidéré.

Le vieil homme est en train de l'observer, la bouche vrillée par un atroce rictus :
- Bernhard est un de mes amis, c'est aussi le vôtre et il vous envoie cette boîte. Il assure que ces vitamines vont vous aider.

White :
- Mais… mais cet ange…

Lord Mostra :
- C'est votre épouse qui a peint cet ange de plâtre en bleu, tout récemment. Le docteur Wayland a fait évoluer le traitement et visiblement il y a des fruits surprenants. Bernhard s'est dit que cela

vous ferait plaisir. Ma Fondation subventionne les recherches de ces deux spécialistes.

White, je vous assure que la Fondation vous est reconnaissante pour votre implication. Sachez que le drame qui nous affecte profondément ne remet pas en cause l'engagement que vous avez pris avec nous : votre épouse est en sécurité et des progrès sont là.

White sanglote, des larmes de souffrances terribles. S'y mêle cet espoir inattendu qui refait surface.

Il est désormais au seuil de certaines portes dangereuses.

Lord Mostra :

- Je pense que vous devez apporter un peu de miséricorde à la famille de votre ami. Comme certainement l'aurait fait Bélogor pour vous. Sa famille attend, nous pouvons sûrement aider.

White :

- J'ai promis à Bélogor que je m'occuperai de son fils et de sa femme… si jamais… si jamais…

Lord Mostra :

- Voulez-vous que nous vous aidions à prendre soin d'eux White ? Ma Fondation fera le nécessaire pour les questions matérielles. Hélas, mon fauteuil me limite pour le reste. Faisons équipe comme vous avez fait équipe avec Bernhard pour votre épouse. Il faut remonter Bélogor afin de le rendre à sa famille. White, soyez mes bras pour le ramener vers la lumière.

White :

- Sauf votre respect, personne n'ira plus jamais plonger dans cette abomination.

Il fait plus froid maintenant dans la clairière, White exhale une légère buée. La jungle est inhabituellement, voire anormalement silencieuse, à l'exception de quelques frémissements des feuillus proches de la clairière. L'eau de la rigole semble s'écouler moins vite. Les papillons forment à présent une voûte fantasmagorique qui masque le ciel.

Lord Mostra :
- Vous avez construit votre vie sur des codes. Nous avons chacun les nôtres qui permettent d'affronter les difficultés de la vie. Un de vos codes est que personne ne peut nuire à un pied lourd sans avoir à en payer le prix. Lorsque je vous ai parlé du soleil qui se couche sur votre colère et que cette dernière s'apaise avant l'ère des ténèbres, je vous confie ce que l'expérience de la vie m'a transmis.

White, déboussolé et plongé dans un grand accablement, écoute la voix magnétique du vieil homme. Il prend graduellement conscience que lord Mostra est singulier et que cet échange s'avère plus déterminant que ce à quoi il s'attendait : devoir se justifier sous un feu de questionnements sur sa responsabilité. Il n'en est rien.

Lord Mostra :
- Cette colère, parlons-en. Savez-vous que la Bible dit que les hommes doivent se mettre en colère. Je parle d'une sainte colère White, peu importe son amplitude, l'essentiel étant qu'à la nuit tombée, cette sainte colère s'éteigne comme l'on éteint un brasier. Les plus grands explorateurs, les plus grandes avancées ont toujours eu comme point de départ de grandes humiliations, de terribles déceptions, de sinistres injustices. Ces noirceurs infâmes ont toujours produit ce sentiment de colère.

Lord Mostra cesse un moment de parler, White voit passer des bulles au travers des tubes en caoutchouc marron reliés au fauteuil.

White : *Que se passe-t-il ? Il fait un malaise ?*

Lord Mostra :
- « Mettez-vous en colère mais ne cédez pas au péché », c'est le texte littéral. Dirigeons notre colère au fond de cet aven pour aller chercher Bélogor et le ramener à sa famille. J'ai de quoi vous rendre invulnérable White, mes bateaux ont apporté tout le nécessaire. Je sais que vous avez encore la foi comme je l'ai en vous. Il n'y a que vous qui en êtes capable.

White :
- Je dois prendre soin de mon épouse, je ne descendrai pas dans cet enfer. Je ne serai pas votre instrument.

Lord Mostra :
- La proposition que vous avez acceptée couvre tous les frais du traitement médical de votre épouse. Joignez-vous à moi et elle bénéficiera d'une couverture à vie pour tous ses besoins présents et à venir, peu importe lesquels, quelles que soient ses exigences car, j'en suis certain, l'esprit de votre épouse s'éveille. Vous comprenez ? IL S'EVEILLE ! Elle marchera à nouveau à vos côtés, c'est bien ce que nous voulons White ?

White :
- Vous pensez que je vais descendre pour de l'argent ?

Lord Mostra
- Je sais que non White et c'est en cela que vous êtes reconnu et respecté. Regardez-moi, je suis en position d'incapacité, je ne peux pas chercher le corps de mon plongeur. Vous êtes ici par amour de votre femme, pas pour de l'argent. C'est plutôt par crainte de votre refus que j'ai j'avancé ces nouvelles propositions. Vous êtes un battant, vous avez sauvé d'autres plongeurs au péril de votre vie. Vous avez reçu votre broche du travailleur méritant au titre de vos incroyables exploits. Vous vous occupez de votre épouse alors que beaucoup d'autres hommes auraient tourné les talons. Vous avez peut-être perdu la foi White mais je suis convaincu que vous le ferez.

White :
- Et comment pensez-vous me rendre invulnérable ? Avec des paroles bibliques ? Juste avec notre colère ?

Lord Mostra :
- Pas du tout, White, pas du tout. Je peux vous rendre invulnérable, et je peux vous le prouver, et vous en serez convaincu !

White :
- Vous recommencez vos abstractions… je suis épuisé.

Lord Mostra :
- J'ai apporté dans les soutes de mes bateaux le bouclier de la foi qui vous fait défaut. J'ai une armure de plongée en eaux profondes comme aucun pied lourd de ce monde n'en a vu. Elle est si solide qu'elle peut résister à tout.

Vous vous souvenez de la bataille de Verdun ? Vous voyez les trous d'obus ? Un fantassin enfermé dans mon armure, même n'y connaissant rien en scaphandre, aurait pu tenir des jours et des jours en autonomie sous le feu des obus en fusion et des gaz ! Alors imaginez un spécialiste de votre trempe mouvoir cette armure mère ?! Car elle est conçue ainsi. Les calculs démontrent que vous pourriez survivre dans l'espace avec. Imaginez dans quelles contrées vous pourriez évoluer avec cette armure ?

Rien ne pourra vous arriver avec cette armure, vous en serez l'esprit qui l'animera. Vous libérerez votre colère au fond du gouffre et vous ramènerez Bélogor. Vous affronterez ce cauchemar tapi au fond. Ce sera votre vengeance car personne ne peut toucher aux pieds lourds sans en payer le prix. Remontez avec Bélogor, dans la lumière. Marchons ensemble White, aidons-nous mutuellement…

[…]

Deux semaines plus tard, White est suspendu au-dessus de l'aven dans l'armure-mère.
Par un curieux hasard, elle est confectionnée aux dimensions d'un plongeur de taille exceptionnelle et White en est un.

L'armure gère une température de 14° constants et, de toute sa carrière, White n'avait jamais connu cette sensation de confort. Plus qu'une sensation de confort inégalé, cette armure est conçue comme une seconde peau naturelle. Une nouvelle grue, plus massive et adaptée au contexte, a été installée et, cette fois, des cabestans régulent deux grosses chaines empruntées aux bateaux de la Fondation.

Lord Mostra a fait débarquer des soutes de ses navires du matériel incroyablement avancé technologiquement. L'armure de plongée en est la pierre de voûte. Elle possède sa propre alimentation énergétique, une pile à combustible et, chose incroyable, recycle les urines en eau potable augmentée en nutriments et transforme le gaz carbonique en oxygène. Une fois remonté de sa plongée, White va vivre dedans durant quelques jours car elle fait aussi office de caisson hyperbare de décompression pour éviter tout accident.

Et si jamais un accident survient, Lord Mostra est formel ! White pourra vivre au moins deux semaines et demie en isolement total. L'armure-mère veillera sur White et le maintiendra en vie jusqu'à ce que les secours viennent le récupérer. Par sécurité, l'armure emporte, fixée sur son dos, trois bouteilles en acier spécial contenant de l'oxygène compressé à 350 bars.

White a émis trois exigences pour la descente. La première, avoir une cage en fer installée sur le heaume de l'armure en cas d'éboulis – accordé sans discussion, les ingénieurs de la Fondation œuvrant pour installer cet équipement. La seconde, évoluer avec son énorme couteau de plongée – accordé sans discussion. Pour la troisième, White s'adressa directement à Lord Mostra : l'ange de plâtre bleu sera inséré dans l'armure.
A l'écoute de cette requête, lord Mostra arriva à transmuer son effroyable rictus en une sorte de sourire hoquetant et satisfait.

Le signal retentit. Terminés la liaison par fil téléphonique et le bouton à commutation, l'armure-mère est dotée d'un puissant appareillage à fréquence radio. White peut parler et entendre librement, sans interférence manuelle de la surface. Fixée sur la cage de fer, une caméra envoie sur les écrans de contrôles de la nouvelle plateforme ce qu'elle filme. Elle porte gravée sur son châssis un numéro de série et son nom : CAMDRONE MOSTRA.

L'armure-mère porte aussi gravée son nom : « AT-MOS ». Prototype Makarov-Mostra.

Les cabestans dévident doucement les chaînes, l'armure est lentement descendue en direction de l'aven puis pénètre dans l'eau. Automatiquement, un puissant projecteur arrimé sur l'épaulière gauche de l'armure s'allume.
White est étonné par la puissance du faisceau qui semble ensoleiller l'aven, une lumière bleutée, très pure, incroyablement aiguisée.

La longue descente commence. L'armure-mère régule la pression et veille sur White, saturé d'une sainte colère…

CRÉDITS

Cet opuscule contient des inspirations des légendes du peuple Chimane-Mosetene ainsi que celles des tribus parlant la langue Chiraguano et du peuple indigène Munduruku (la nuit volée, le colibri triste). Par leur force et par la morale sincère qu'elles dégagent, les légendes de ces peuples permettent d'initier les plus jeunes et de leur éviter de trébucher, de nuire ou de s'écarter des sentiers de la vie.

La vie dans la jungle et dans l'altiplano est rude, à l'image du peu de compromis ou de choix disponible face à certaines situations. Ces légendes dures mais colorées et porteuses d'espérance sont un trésor à transmettre.

Au Paraguay, il n'y a plus qu'une poignée de personnes parlant le Chiraguano selon une étude du site https://www.ethnologue.com

Terras

TEM est un jeu de rôle se jouant grâce à n'importe quel navigateur sur Internet. Il est possible d'y jouer gratuitement, sans publicité.

TEM est un vétéran d'Internet, un jeu qui nécessite de lire et de réfléchir. Il y a des milliers d'interfaces et de choix. Il est le contraire d'un jeu marketing orienté « casual ».

TEM ne serait rien sans sa communauté de Terras qui, chaque mois, vivent des aventures, font leur vie et développent leur propres réseaux internes. Je reconnais que les liens qu'ils ont formés constituent plusieurs couches d'une grande complexité. Il y a tellement d'accords, de pactes et parfois des trahisons qu'il me semble voir un jeu d'échec surdimensionné comportant plusieurs tabliers empilés. Parfois ça se termine en tempête nucléaire, avec des dégâts et une escalade des tensions car les rôlistes sont de véritables passionnés, émotionnellement investis dans leur travail et cadre de jeu, celui de terraformer une planète.

TEM a une chance fabuleuse d'avoir cette communauté, j'apprends énormément à leur côté et l'on peut vivre des moments intenses en les croisant au Bar du Forage.

Chaque mois, des Terras de cette grande communauté aident TEM. J'ai effectué un recensement récent de ces aidants, la plupart silencieux. La période démarre du 31 janvier 2019 au soir jusqu'à fin Mars 2020.

Voici leurs noms, cet Opuscule 1 leur est dédié.

Zeldator

Mrpingouin

Dan55

Lord Luna

Leeloo

Tonton

Addnothing

Tetsuo

Inquisiteur

Gorok

Thekiller08

Sophiie

Albakore

Callista

Nilemi

Tewar

Ceyx

Oceano

Loarah

Belmira

Blackrebel

Artyom

Boon

Pompom

Hybryd

Nerris

Carolinetys

Dahlia

Sarlan

Magendra

Drakhen

Kilorbine

Phil175

Mael

Bibo

Ralphtagada

Samcanon

Myra

Buckman

Kimcass

Shallya

Salander

Otsira

Joolushka

Panda2

Zenith

Ira

Enicnarf

Breizhteam

Deathscythe

T1t4n

Shango

Waxwork

Mandriva

Mary

Matriosky

Phixius

Theking

Strommellette

Nevrax

Gaia2

Waldwen

Quetzalitztli

Ursula

Silma

Fox

Dragan

Xelabusay

Darkgnut

Sinodepibouin

Selina

Lilith

Bow

Runeweaver

Stav

Animalus

Haelored

Oubaoubaouba

Shalix

Stone

Leto

Merlion

Kikekoi

Larougnepsy

Abenakys

MrS

Rix

Biohaz

Elwray

Turquoise

Solomir

Princessebathory

Christophe

Joe

Cedrxator

Chatelmond

Keziah

Undred

Merlyns

Terminator13

Diabless

Xo7

Erispoe

Mercury

Samson

Jtrack

Jethrophobic

Rick

Bobo

Halpha

127

Voss

Aileas

Buchoalko

Caractre

Xelaress

Bull

Jyle

Athéna

Deckard

Dakuraba

Krane

Radicaledward

Lev

Orlov

Htebazi

Kiroisenko

Mordicus

Sulfuro

Le nouvel An martien.

La boule à paillettes du Bar du Forage est équipée d'une CAMDRONE. Elle immortalise les Terras qui sont venus danser et gigoter dans son périmètre. Par ordre chronologique d'apparition, voici les Terras détectés le 1 er janvier 2020 de une heure du matin à 11 heures huit et 38 secondes, une obscure et suspecte panne de la CAMDRONE ayant mis fin à l'enregistrement…

Runeweaver

Mrpingouin

Nerris

Albakore

Tonton

Lord Luna

Zenith

Theking

Dan55

Otsira

Xelabusay

Diabless

Stone

Larougnepsy

Mercury

Quetzalitztli

Tobi

Syngnathe

Rick

Mary

Samcanon

Enicnarf

Nilemi

Panda2

Princessebathory

Zeldator

Minerve

Sarlan

Merlyns

MaelochXZ

Ceyx

Shallya

Dragan

Lionofjudha

Catadiop

L'AUTEUR

Le parcours de KASSOR est un itinéraire instinctif et une recherche constante de l'intrinsèque historique : une histoire comme repère et non comme aboutissement, une histoire des fondements initiatiques. Ses créations ont valeur magistrale dans un univers syncrétique que les adeptes – joueurs et lecteurs – doivent parcourir pour devenir initiés.

Ses créations sont comme des fulgurances de la pensée, les secrets inhérents prennent les formes de l'inattendu dans des mondes spatialement imbriqués. A chacun de se confronter à l'expérimentation temporelle pour une quête en dédale.

KASSOR web développeur 2D/3D, protéiforme et indépendant, est plébiscité et recherché dans le milieu des interfaces homme-machine. Il étend son design au milieu industriel pour concevoir des modélisations à usage professionnel ou didactique. Il livre ici des écrits « capsule » marqueurs de son univers.